幸せさがし

彦田 司郎

ブックデザイン／杉本 幸夫

幸せさがし　目次

第一章

第二章

第三章

第一章

舘山寺

母親に親孝行らしいことをしたといえるのは、私が二十二歳のとき、開通して間もない東海道新幹線に乗って、静岡県浜松市の舘山寺温泉に、友達とお互いの母親を連れ立って旅行に行ったことだろうか。

新幹線に乗るのは、私も母のちかも含め全員初めてであった。団体の親子旅も初めてで、浜松まで、華やいだ気分で行くことができた記憶がある。

新幹線は広軌、つまり線路の幅が広いので車内も広く、進行方向左側に三人掛け、右側は二人掛けの座席が並んでいた。

昭和四十一（一九六六）年四月十六日（土）。東京駅十時五分発「こだま一一一号」四号車の、一一番の座席に母親たち三人が座り、息子たち三人は一二番に座る。

窓側に私が座り、真ん中は林、通路側は弁がたつ宇田川が座った。偶然なのか、母親たちも同じ順番で座っていた。

通路側に座った宇田川は、車内販売の女の子が来るたびに、一言二言余計なことを言い、みんなを笑わせた。

販売員が来ると、

「来た来た、何かいる？」

と、前にいる母親たちに声をかけた。

「何もいらないですから、気を使わないでください」

と、林の母親が応える。

母親たちは全員和服姿で、自分たちの食べる物や菓子や飲み物は持参しているらしい、きっと三人で相談をしてきたのだろう。

それ以降、私たち息子は、自分たちの物しか買わなくなっていた。浜松に着くまでに、缶ビールを一人四本ほどは空にしていただろうか。

小田原駅を出るとすぐに、海側に小田原城の天守閣が見える。

「あっ城だ」

一瞬のことなので、進行方向の窓側に座った私にしか見えなかったかもしれない。

熱海駅到着のために列車が徐行運転に入ったとき、左側沖合に、お皿をひっくり返したような島が見える、初島である。熱海市に在しており、百人くらいが住んでいて、七千年前から存在する。

熱海駅を出るとすぐ新丹那トンネルに入る。七、九五九メートルで、トンネルを抜けるまで三分くらいかかる。トンネルを抜けると間もなく、右側に大きな富士山が見えてくる。手前に見える愛鷹山を過ぎて、富士山がいちばんキレイに見える四〜五キロメートルの間、天気がよければ、新幹線が富士市街に入るまでのこの区間がハイライト。

「本日は、右手に富士山がよく見えております」

と、車掌のアナウンスが流れる。

「おい、見ろよ、富士山」

と、林が叫んだ。

まだ、三島駅も新富士駅もないころ、工場群の富士市街を抜けると、当時、日本一長い鉄道橋、富士川橋梁、一、三七三メートル。この橋と富士山がバックに写った見事な写真を、私はどこかで見たことがある。

トンネルを三つ抜けると静岡駅。このあたりから雲が多くなり、後方の富士山は見えなくなった。

静岡駅あたりで、新幹線は東海道本線と並行してしばらく走る。静岡駅を出て、浜松駅手前で徐行し始めると、反対方向に走る、東海道線掛川行き普通列車の四両編成が見える。

やがて、新幹線は定刻どおり十二時二分に浜松駅に到着。

新幹線浜松駅から、東海道線の中央駅前タクシー乗り場まで十分近く歩いたような気がする。ちょうど、昼食時。

「昼食時なので何か食べる？」

宇田川が母親たちに尋ねると、

「いろいろな物を食べたり飲んだりしたから、いまはいらないよ」

と、宇田川の母親が言い、林の母親も、母のちかもうなずいている。

中央口に出て、タクシー乗り場で二台に分乗してロイヤルホテルに向かう。このころには晴れ間がのぞいた。

舘山寺街道を通り、三十分くらいタクシーに乗りホテルへ。まだ時間が早く、チェックインができない。フロントに荷物を預けて、歩いて二〜三分の浜名湖遊覧船に乗ることにした。

十三時三十分発の、舘山寺港から東名高速の下まで行き、戻って来る、三十分コースがあったので、その遊覧船に乗ってからホテルに戻り、チェックインしたのが十四時二十分ごろ。

客室に案内され、このときに部屋係にチップを渡すのだろうけれど、太ったおばさんタイプだったので渡さず、我々息子三人は、荷物を部屋に置いて、付近散策にでかけた。

母親たちは、風呂に入ってゆっくりしているのだろう。ホテルのパンフレットには、カラー写真付きで――浜名湖を一望！　十階パノラマ大浴場――とあった。まだ昼の三時ごろでもあり、大浴場は貸切状態であったらしい。

夕方六時から我々の部屋で、テーブルを二つ並べて豪華な夕食。仲居さんも二人で準備をしてくれる。そのときに、幹事だった私は、年配の仲居さんにチップを渡した。

「これ二人分」

「あらまあ、どうもー」

料理は小鉢を含め十点ほど。飲み物は、ビール三本、コカコーラ三本、オレンジジュース一本。

「あとは、自分たちでやりますから」

と言って仲居を帰らせる。

母親たちは、一時間ほどで食べ終わり話に夢中。私たちは、飲んで食べて、追加のビールを冷蔵庫から出し、馬鹿話をして騒いでいる。

母が

「あなたたちには、おにぎりを作っておくから、あとで食べなさい」

と、小さな皿に大きなおにぎりが一人二ヶずつ。

「八時になったら片付けてもらうんだよ」

と、母親たちは隣の五一〇号室に引き揚げた。

八時過ぎに部屋を片付けてもらい、テーブルを一つ残し、布団を敷いてもらう。

私たちの宴会が終わったのは十時を過ぎていた。結局我々は、冷蔵庫のビール四本と缶ビール五缶と日本酒二本も空にしていた。

次の日は、頭が痛いと言いながら、

「時間ですよー」

と、仲居さんに言われるまで寝ていて、急いで朝食を流し込み、十時前にホテルをチェックアウト、浜松駅に向かった。

青春時代

ちかの父、高橋栄蔵は千葉の蘇我で鳶職をしていた。当時の鳶職は「どかた」と呼ばれ、地面に穴を掘ったり、整地したりする仕事をしていたのでそう呼ばれた。

実際の仕事は、ほかに、町の祭礼や盆踊りの会場で舞台を組んだり、役員の席を作ったり、家の新築や解体現場で工務店のような仕事をしていた。また、お金持ちの家で、何でもやります的な便利屋のような仕事もしていた。

ちかの兄、初太郎は、学校から帰ると、潮のいいときはアサリ採り、秋にはイナゴ採りをして家計を助けていた。体が大きくガッチリした体格で、父親の手伝いに行くときは、いっぱしの鳶職気取りであった。

明治、大正の時代は長子相続が原則である。ちかは――早く食い扶持を減らさなければならない、いずれ自分は嫁に出る――そんな思いは子どものときから芽生えており、風呂の水汲みをはじめ、何やかや家の手伝いをしていた。それは、やらされたというのではなく、ごく自然に、当たり前のように家の手伝いをしていた。

初太郎は、父親の栄蔵が、昭和二十五（一九五〇）年に六十六歳で亡くなるまでには、すでに鳶の仕事を正式に継いでいた。そして結婚し、新しい世帯を持つようになってからは、電気工事業の仕事もするようになった。その仕事は、息子で長男の勲が継い

である。

さて、話は戻るが、ちかは成績がよく、尋常小学校の卒業が近づいたころ、担任の先生から、

「もう少し、学んだほうがいいのでは？」

と言われ、校長先生にも同じようなことを言われていた。

尋常小学校を出ただけで働きに出る者が多いなか、父母に相談すると、

「お前は頭がいい、あとになって学問しようと思ってもできない。学校の費用は一時的だから何とかなる」

と言って、母のときは進学に賛成し、父も同意してくれた。

こうしてちかは、尋常小学校を出た後に、同じ敷地内にあった高等小学校に、二年間通う了解を得たのである。

担任の木村先生に報告すると、

「そう、よかったわねー。勉強すると、世の中のことがいろいろ見えてくるようになる

から」

と言って、とても喜んでくれた。

この、東京師範学校出の担任、木村先生との出会いが、その後のちかの人生を大きく動かすことになる。


ところで、大正の中ごろ、大正八（一九一九）年に高等小学校へ進んだのは、男子で約半数、女子ではわずかしかいなかったが、終わりごろの大正十四（一九二五）年には、男子は七割、女子で五割近くが高等科に進んでいた、そんな時代であった。

「自分は、経済的に恵まれない家庭だったので、高等科への進学は思いもよらぬ幸せであった」

と、後にちかは振り返っている。

高等小学校を卒業後、ちかは、木村先生の紹介で、先生の同郷の、後に首相になる、若槻内務大臣邸の女中として奉公に出ている。女中として四年間勤め上げるのだが、その後半には、上女中として、大臣夫人の外出の服選びや、食事その他に帯同し、見聞をさらに深めている。昭和六（一九三一）年九月に、満州事変が起こり、女中にも危害がおよぶ可能性があり、暇をだされた。

こうして、一時、蘇我の実家に戻ることになったものの、ちかには若槻邸での実績があり、またも、恩師、木村先生の紹介で、こんどは小泉信三慶応大学長邸での女中の仕事を紹介される。

ちかは、小泉邸での女中時代に野球の知識を得る。小泉信三は野球に関し、軍部、官僚たちの圧力に対して、後に、戦時下でありながら、戦地に向かう学生のために早慶戦を実施するなどして野球殿堂入りもしている。

小泉学長には二人の子どもがおり、長男、信吉が女中三人の帯を切り刻むという事件が起きた。信吉は当時、十四、五歳でいちばんイタズラ盛り。このとき、信三夫人は、女中三人を連れてデパートで新しい帯を買ってくれた。信吉は、第二次世界大戦の最中、艦船上で戦死している。

昭和十一（一九三六）年二月二十六日に、二・二六事件が発生し、女、子どもに波及を恐れた学長により暇をだされ、このときもまた、ちかは蘇我に帰っている。

蘇我に帰って間もなく、ちかに縁談が持ち上がる。このとき、ちかは二十二歳、誰もが認める美人で、相手は、同じ蘇我の細谷家の次男であった。

この話に、両親は乗り気になり、昭和十一（一九三六）年十一月には細谷家で挙式を行い、ちかは細谷家に嫁いだ。相手の久八は、蘇我の同じ尋常小学校の一年先輩にあたる人で、学校かどこかで顔は見たかもしれないが、ちかは覚えていなかった。

翌年、昭和十二（一九三七）年十二月一日に、長女、細谷ふさ子が誕生し、このときに、役場に結婚届と出生届を出している。

しかし、幸せは長くは続かず、ふさ子が生まれて数日後、久八に赤紙が来た。十二月八日には、久八は二等兵の歩兵として応召している。

運命とは皮肉なもので、細谷家の父母は、

「息子は生きて帰るかどうかわからない。あんたは、子どもを置いて実家に戻りなさい」

しかし、ちかは、

「ふさ子は私が育てます」
誰しも、生まれたばかりの子どもと妻を残して戦地に行きたくはないが、戦地に行った久八は、ちかと姑の関係を心配した。自分がいれば姑との関係が悪くなる前に手が打てる。しかし、戦地にいる状態ではどうにもならない。

姑の連日に渡る、食事のことから、礼儀作法に至るさまざまなイジメに耐えかねて、とうとうちかは細谷家を出ることにした。

気がかりなのは長女ふさ子のこと。

しかし、姑は、

「この子は細谷家で育てます」

ちかは自分の生んだ子を残して、泣く泣く細谷家を去ったのである。

こうなってしまっては、もう木村先生を頼るわけにもいかない。

昭和十三（一九三八）年、実家に戻ったちかは、悶々とした日々を過ごしていた。

そして、翌、昭和十四（一九三九）年、海苔の養殖が終わった三月の終わりごろ、ちかに東京葛西村の半農半漁の彦田家への嫁ぎ話が持ち上がった。

ちかの再婚

木更津発、両国行きの列車が蘇我駅に着くと、両親と兄の初太郎、妹のみよ、そしてちかが乗り込む。両親と兄、妹は正装し、ちかだけがふだん着で、皆、手荷物はほとんど何も持っていない。ちょっと異様な光景である。荷物はすでに送ってあった。

一行は、翌日の昭和十四（一九三九）年十月十五日（日）に結婚式が執り行われる、彦田家がある東京の葛西村に行くために列車に乗ったのだ。

そのころの房総西線・東線は、電化はまだされておらず、客車が蒸気機関車に引かれ走っていた。

千葉駅に着くと蒸気機関車が外され、交代で電気機関車が連結されて、電化された総武線の列車になる。

当時の千葉駅は、現在の東千葉駅手前の市民会館近くにあり、総武線は、いまのような高架で踏切のない線ではなく、至る所に踏切がある路線だった。

千葉駅から総武線で五十分ほどかけて、一行五人は小岩駅で降りた。小岩駅南口から、京成バスに乗り、一里塚を経て、篠崎街道を江戸川沿いに京葉道路予定地の下を通り、王子製紙前を抜け、今井橋まで乗った、三十分くらいかかった。

今井橋からは、青バス――現在の都営バス――に乗り、江戸川沿いを浦安橋西詰まで向かった、十分くらいである。浦安橋は昭和十五（一九四〇）年開通予定のため、完成はしていたが翌年の二月十一日の開通式まで通行止めになっていた。

西詰にある食堂で一行を待っていた、仲人役の海苔養殖業者の先導で、葛西村の彦田家に向かった。西詰から歩いて五、六分の距離だった。

式の前日に来たのは、遠いこともあり、道中何が起こるかわからないという配慮からであった。

五人は、彦田家の仏壇のある十畳の部屋で休んだ。

翌日十五日(日)は、朝から雨になっていた。誰かが雨の船出は「縁起がいい」と言っていた。あいにくの天候であったが、近所の念仏講の婦人たちの手伝いによる、煮物と天ぷら料理があり、神主さんまでが近所にいて祝詞を読んでくれた。

料理から式次第まで、念仏講の人たちの手配によるものであった。式は十時に始まり、彦田家側の新郎の姉弟七人と、高橋家側の父母、兄、妹の四人、そして、念仏講の旦那衆に祝福された新夫婦が誕生した。引き続き行われた宴会は、午後の二時にいちどお開きとなり、念仏講の旦那衆は引き揚げていった。

翌年、昭和十五（一九四〇）年九月十四日にちかにとっては初めての男の子、安正が誕生した。同年九月二十日に入籍と出生届が出されている。

こうして、ちかは新郎の顔を見ずに結婚した。召集されて戦地に行った前の夫、細谷久八の生死もわからず、初めての子どもを泣く泣く手放し次の結婚をする。

この時代に生まれた女性の宿命。戦争に翻弄される者に選択の余地などなかったのかもしれない。

父

私の父、彦之助は長男で、父を含め男三人、女五人の兄妹がいた。私が三歳のときに父は病死した。五十二歳であった。

私には父の記憶がまったくない。強いて言えば、葬儀のときに、棺が玄関から兄たちによって運び出される様子を、フミ子姉に負ぶわれ見送った記憶がある。それは、昭和二十二（一九四七）年十月三十一日のことである。その日は、その季節にしてはとても寒い日であった。

十二月十三日（土）に四十九日の法要が行われた。

十二月二十四日（水）に、墓参りをしに、父の八人兄妹のいちばん上の、新宿、高田馬場の福井家に嫁いだ叔母がやって来た。

叔母は寺まで歩いて行き、父の墓前に花を手向けたあと、田んぼの畦道を歩いて戻ってきた。

そして、母がお茶を出したときに、こう切り出した。

「司郎をうちの子にくれないかい？」

母親は、急な話に戸惑いながらも、

「どんなに苦しくても、つらくても、三人で頑張ります。どうかその話はなかったことにしてください」

と、応じたそうだ。

この話は、私が成人して後、姉から私の耳に入った。――どんなに苦しくても、つらくても――というのは、夫を失った悲しみだけではなく、父親が亡くなった時期にあった遺産相続の法改正に関係していた。

昭和二十二（一九四七）年五月三日から二十三（一九四八）年五月三日までの一年間に相続が発生した場合は、旧憲法でも新憲法の下でもどちらに従ってもよいという時期であった。

私の父には前妻の子が九人いた。うち一人は生まれてすぐ養子に行き、戸籍にも載っていない。もう一人は戸籍に載せた後、養子に行った。母が嫁いで来たときには、それでも家にはまだ七人の子どもがいた。

当初は、十五歳〜十三歳であった兄たちが、父が死んだときには、二十三歳〜二十一歳、もちろん相続のことも知っていたに違いない。そんな状況の中、長兄や次兄からの圧力が母親にあったのだろうと想像する。

福井家の叔母というのは、五十代半ばを回ったくらい、こざっぱりした服装で、もともとは葛西の人でありながら、この辺にはいない都会的なセンスを持った女性という感じで、子どもはいなかった。

「あなたは、誰かにだまされるような形で、彦田家の嫁に来てしまったのかもしれないね」

と、母に言ったそうだ。

大雪

東京地方に、積雪三十三センチの大雪が降った、昭和二十六（一九五一）年二月十五日（木）。私は、この年の四月から、兄が通う近くの同じ小学校に入学予定だった。前日、十四日から降り出した雪は降り止まず、小学三年生だった兄は、学校からの帰り道、きっといろいろな雪遊びを想像していたことだろう。東京にこれだけの雪が降ることは、当時でもめずらしいことだった。

雪は、見る見るうちに降り積もり、十五日の昼ごろには、子どものヒザが隠れるくらいになった。降りかたは十五日の昼ごろまでがピークで、あとはチラチラ降るだけ。

この日の学校は休校になったのであろう、誰も登校していなかった。というのは、我が家のトイレの窓から、学校に通じる畦道の通学路が見えるのだが、そこには誰も歩いてはいなかった。雪が多くて歩けないのだ。電話はまだあまり普及していない時代、連絡網などはなかった。もちろん、兄も登校しなかった。

海苔を採りに行く我が家の中型の焼玉船は出漁せず、その日は、母の海苔干しの仕事も農作業も休みだった。朝早くから、家族全員が皆、家でゴロゴロしていた。いまのように各家庭にテレビがあるわけでもなく、何もすることがなかった。

雪が小降りになった昼過ぎ、私はミカン箱を探してきて、四つ歳上の兄に頼んで、直径十センチくらいの竹を四つ割りにして、竹の先を火で少し曲げてもらったものを、ミカン箱の底に打ちつけ、即席のソリを作ってもらった。そして、母屋の廊下側から畑へ通じる下り坂を利用してソリ遊びをした。その坂の傾斜は十五度くらいで、距離は十メートルくらいはあったと思う。

ふだん見慣れていたあたりの景色は一変し、一面真っ白な雪で覆われ、ソリが滑る音だけが響く。ほかには何の音もない白銀の世界の中で、ただただ一人、黙々とそのスピードとスリルを楽しんだ。

いま振り返れば、小学校入学直前だったこのころに、私には自我が芽生え、自分という存在を意識し始めたように感じる。

ぼくの夏休み

昭和二十八（一九五三）年、ぼくが小学校三年生の夏休み、お盆の八月十三日から十五日にかけて、母と二人で千葉の蘇我にある母の実家に遊びに行った。兄と、腹違いの姉は、母親や弟と田舎へ行くよりも、地元の葛西で、友達と夏休みを過ごすほうが楽しいとみえ、一緒ではなかった。

母の実家がある蘇我に行くには、まず、葛西の自宅から五百メートルくらい歩いて、昭和十五（一九四〇）年にできた浦安橋を渡り、千葉県の浦安に入る。そして、橋の坂道を下った所の交差点を右に曲がりすぐの、「林家旅館」前のバス停から京成のボンネットバスで、十キロ近くの道のりを本八幡駅まで向かうのだ。

母とぼくは九時四十分発の本八幡行きの京成バスに乗った。当時のバスには車掌さんが乗っていた。バスの車掌は女性の花形職種だったらしく、家の隣の美智子姉ちゃんもそうだった。美智子姉ちゃんは、紺の制服を着て、革靴を履き、毎日いそいそと出かけていったものだ。車掌さんは、長い切符と鋏を持っていて、乗った所と降りる所に穴をあけ料金を精算していた。

浦安を出るとき、数人だったお客さんが途中で二人降りたが、また三人乗ってきた。ぼくは何もしゃべらず、バスの右側の外ばかり眺めていた。狭い通りをバスはひたすら本八幡駅に向かう。

三十分くらい揺られ、五百メートルくらいだろうか、行徳橋を渡るとT字路で左に曲がる。工事中の道路の下をくぐり、空地を右に曲がり、また左に曲がると、前方正面に本八幡駅が見えてきた。駅前ロータリーは砂利道で、ロータリーを曲がった所がバスの終点、本八幡駅。

本八幡駅からは、総武本線の電車で千葉駅へ向かう。木更津行きの列車が十時二十五分にあった。切符を買い、跨線橋を渡り、列車に乗り千葉へ向かう。約三十分くらいで千葉駅に着く。

千葉駅から先は、まだ電化されていなかったので、蒸気機関車に引かれて蘇我駅へ向かう。

「あれ、向きが違うよ」

千葉駅から、列車はスイッチバックして走っていた。

二駅先の房総東線、房総西線、両線の分岐駅の蘇我駅で降り、跨線橋で駅の西口へ出る。西口を降りるとバスの発着場があった。

旅程はここで終わるわけではなく、またバスに乗り換えなければならない。バスが来るまで少し時間があるので、駅前の「松葉屋」という食堂で、母がカキ氷を食べさせてくれた。汗をかきノドが渇いていたので、その味の「美味しかったこと」。カキ氷は一つしか注文せず、母は食べなかった。

母によると、ぼくはバスの中でも、列車の中でも、外ばかり見ていてあまり話さなかったらしい。

ぼくが生まれたときにも、母は小学校に入学したばかりの腹違いの姉を連れて蘇我に来たことを、姉から聞いていた。そのあとにもぼくは、母と兄と姉の四人で来ているらしいが、記憶はない。

やがて、バスが来て十分くらい乗り三枝というバス停で降りる。バス停から少し戻った所にある「三枝タバコ店」の並びに母の実家はあった。

実家は間口七〜八間の細長い平屋で、左側に井戸のある家だった。井戸の奥に、いちじくの木と柿の木が植わっていた。井戸の手前には軽ワゴンらしき車が停めてあり、何やらいろいろな道具が積んであった。あとで聞くと母の兄、つまりぼくの叔父は「電気工事屋」をしていたそうだ。仕事はお盆でお休み。

実家では、叔父夫婦と従兄弟の勲ちゃん、その妹が迎えてくれた。叔父は、「お前たちは、その部屋を使いな」と、居間の隣の仏壇のある部屋を案内してくれた。母は、その三年前、昭和二十五（一九五〇）年に亡くなった父親、つまり、ぼくのおじーちゃんの仏壇に手を合わせていた。昼食をご馳走になり、疲れていたのだろう、ぼくは昼寝をしてしまった。葛西の家を出てからすでに三時間近くが経っていた。

次の日、早朝五時半にカブトムシを探しに、「生実の森」に行くことを勲ちゃんと約束していた。

生実の森には、勲ちゃんが案内してくれた。三枝のバス停の先を左に曲がり、四百メートルくらい歩くと内房線の踏切があり、踏切を渡って、さらに六百メートルくらい歩いた所に生実の森はあった。

「あれが生実の森だ。カブトムシは夜に活動するから、いまごろは、クヌギの木の下のほうに集まっているはずだ」

前方の一段と高くなっている森を指して勲ちゃんが言った。

勲ちゃんの話だと、クヌギは、いまの季節は木から樹液が出て、甘酸っぱい匂いがするので見当がつけられる。木は大木になり、幹の太さは五十センチくらいになるものもあるらしい。樹皮はガサガサしていて、樹液が流れるように縦の溝がある。木から五十センチから一メートルくらいの所に三匹から五匹くらいいることもある。クヌギは初夏に黄褐色の稲穂のような花をつける。実は大きな球状で味は苦いが食べられる。

さすが、田舎の子ども、勲ちゃんはいろんなことを知っている。

「いるいる」

ぼくは、持ってきた竹の虫かごに十四ほど捕まえた。

勲ちゃんに、

「いる?」

と、声をかけると、

「いらねー」

このあたりの子どもは、お金に換えられるアサリのほうが魅力があるとみえ、興味を示さない。

実家に戻り、スイカの食べカスを四角に切り虫かごに入れた。虫かごの中を観察していると、カブトムシ同士がケンカをしている。角があるのがオスらしく、オス同士がケンカをしている。


この日は、昼前から潮が引き始めるらしく、勲ちゃんが、

「十一時ころからアサリを採りに行こう」

と、誘ってくれた。

虫かごを涼しい所に置き、勲ちゃんとその友達の四人で、川鉄——川崎製鉄——の工

場前の海へ、アサリを採りに行った。勲ちゃんと友達は、どんどんアサリをブリキのバケツに入れていく。ぼくはといえば、掘り返しても掘り返しても、たまにしか見つからない。

思い余って、勲ちゃんに、

「どんな所にアサリはいるの？」

「潮が引いて行くときに川のようになった所とか、アサリは呼吸をするから、穴があいている所にいるよ」

と、教えてもらい、それからはぼくにも採れるようになった。

バケツいっぱいのアサリを採り、ぼくと勲ちゃんがバケツの両側を持って引き上げるとき、顔を上げると、川鉄の工場の煙突からは煙が出ていた。お盆のときでも休まず働いている人がいることを知った。

お昼過ぎには実家に戻り昼食を食べた。昼食に何を食べたかは覚えていないが、夕食はアサリの味噌汁と、アサリの酒蒸しか何か、とにかくアサリを存分に食べたことを覚えている。

翌、十五日、母とぼくは九時過ぎの蘇我行きのバスに乗り、来たときの行程をまったく逆にたどりながら、葛西への家路についた。

違っていたのは、叔母が大きめのアサリを選び袋に入れ持たせてくれたことと、ぼくのヒザの上には、大事なお土産があったこと——和夫ちゃんたちに自慢できる——。蘇我に遊びに行った目的は達成された。

小学生の思い出

隣の集団登校組二班と、我々一班が決闘をした。場所は、日本ロールの工場先にある小高い丘。このあたりの子どもなら、「ロールのあそこ！」と言えば誰でもわかる場所だ。そこにはヨシキリがいて、いつも「ケケチ」「ケケチ」と鳴いていた。

それは、小学校六年生になったばかりのころで、私には、忘れるはずのない傷痕が残っている。右手の小指の骨折の痕である。

決闘のあと、家に帰ると小指の所が痛く、腫れあがっていた。現在のように、すぐにレントゲンを撮る時代ではなく、近くの接骨院に行った。接骨院ではマッサージをすれば治るということだった。確かに痛みはななくなったが、骨折した小指の骨はそのまま固まってしまい、いまでも私の小指は普通のようには曲がらない。

もう一つの思い出は、江戸川で泳いだことだ。夏になると、近所の子どもは、いまのようにプールで泳ぐのではなく、皆、江戸川に出かけ泳いでいた。江戸川の岸壁は、現在のようにコンクリートで造られているのではなく、三十センチメートル四方のブロックを敷き詰めた護岸で、高さもいまほど高くなかった。その護岸に衣服を脱ぎ泳ぐのである。

そして、高学年になると、川を渡りきることに挑戦した。私は小学四年生くらいから、泳いで渡っていたと思うのだが、覚えているのは、やはり六年生のころ。川幅は二百メートルくらいあったと思う。対岸は浦安である。ただ渡りきるだけだったら、もう少し上流のほうが狭くなっているのだが、そこは、当時もコンクリートの護岸になっていて陸にあがれないため泳ぎ渡る場所ではない。また、狭い場所は流れも速い。そこで、流れが速い場所は避けて、陸にあがれる対岸の、斜め四十五度くらい上流の所を目指して泳ぐとちょうどいい場所に泳ぎ着く。そして、一休みして、また東京側に泳ぎ帰ってくる。川幅は二百メートルくらいなので、斜めに三百メートル、往復で六百メートル。集団登校組の和夫ちゃんや一班の仲間と四〜五人のグループで泳いだと思う。

私たちは、自分の体力と勇気を競い合っていたのだろう。その場所は、雷水門のクランク型に江戸川に出た所だった。

最後にもう一つだけ、小学校高学年の担任の古川先生の思い出。若くて、背が高く、素晴らしい先生だった。なにより手先が器用で、当時、「未知の世界へ挑戦する船」、と運の強さを買われ、南極観測船に選ばれた「宗谷」の模型を作って、教室に持ち込み我々に見せてくれた。その「宗谷」の大きさは、六十〜七十センチメートルはあり。精巧に作られた模型そのものもそうだが、冒険心というか、私はわくわくした気持ちがわいてきたのを覚えている。

南極観測というと、皆さんも覚えているだろうか、樺太犬タローとジロー。何かの都合で一年間おいてけぼりにされ、翌年、その二匹だけがみつかったこと。このエピソードにも私は心を打たれた。

中学時代

私の通っていた中学校へは、二つの小学校の学区域から、つまり二つの小学校を卒業した生徒たちが通っていた。第一次ベビーブームの子どもたちであり、生徒数はとても多かった。

体育の授業などは、男女別に二つのクラス合同で行われ、このときは出席をとらない。そこで、私たち悪ガキは、新川のほとりにあった農協の使用されていない朽ち始めた建物の脇まで、一メートル以上の高さの葦の生えた田の畦道を、学校から腰を屈め見えないように行き、そこで持ってきたピース缶を開け五人で一本ずつ吸い始めた。

そのときだった、新川の川岸にスクーターの音がして、担任の先生が、

「お前たち、職員室に来い！」

当時の学校の先生は地震、雷、火事……よりも恐く、もちろん親父——私の場合はお袋？　となるか——より恐かった。

たばこを吸っていたことは、臭いを嗅いだだけでもすぐわかる。

「こういうことをしていることを、お母さんに知らせるか、学校まで来てもらうしかないな」

「それだけは、勘弁してください」

と、担任の先生に私は懇願し、何度も謝った。

そのころは、私も親に反発する時期、いわゆる反抗期であった。それは中学二年の一学期、梅雨の前のことだったと思う。

それからの私は、学校では？　悪いことはせず真面目に過ごすことにした。先生はもちろん、母も恐かったし……、というよりも悲しませたくなかった。

先生がこのたばこの一件を、母親に知らせたか否かは、覚えておらずわからないが、覚えていないということはきっと先生は黙っていてくれたのだろう。

中学三年生になった昭和三十四（一九五九）年の五月下旬、通っていた中学校の「全校学校周辺マラソン大会」が開催された。このマラソンは、自分でも驚くくらいの出来事であった。

全校生徒は約千人、男子だけでも半分強の五百人以上はいたと思う。コースは、校庭を出て、文具店の「からす屋」の前を通り、大きな一本松を右に見て細いバス通りを共栄橋に向かう。共栄橋を左に葛西橋通りへ。葛西橋通りは周りが低地だったせいか一段高く感じた。

まだ環七通りなどはなくそのまま浦安橋へ。この道が見通しがよく、誰がどのあたりを走っているかが見えて、上位を狙う生徒には絶好の場所。ただ、そのときの私は上位を狙っていたわけではなく、ただひたすら自分自身と闘っていた気がする。

浦安橋西詰を左へ、また、細いバス通り。新川口橋を渡り江戸川五丁目へ、稲荷神社前を左折して、三角の形をした葛西図書館の前を左へ、歩道は道路から一・五メートルくらい高くなっている。コース終盤の新川橋を渡ると最後の直線四百メートル。ここで私は、前から何位につけているかわからず、すぐ前を走っている小柄な山村君を追い抜こうとラストスパート。彼も後ろを振り返り、追いつかれまいとラストスパート。結局一メートルくらいまで追ったものの追いつけず、そのままゴール。

ゴールしてすぐには順位はわからなかったが、戻ってきている生徒はまだ少なかったので、わりと上位にいることだけはわかった。

最終的に、山村君が九位で私が十位だった。十位までの生徒の氏名が校庭で発表された。十位とはいえ、予想もしていない好成績だった。

自分には頑張る力があることを実証できたし、頑張って得た順位なので、自分自信誇らしく思い、そのことを実感した。


この体験こそが、その後の私の人生に役立っている。おそらく他の人は、十位に誰が入ったのか？　など覚えていないであろう。

しかし、私はしっかりと覚えている。私はこのときに、自分はやればできるという自信を持つことができたのだ。

進学

私は、中学校まで二キロ以上の道のりを毎日歩いて通っていた。中学三年生になったとき、兄は働きに出て三年目、少し金銭的に余裕が出てきたのか私に自転車を買ってくれた。いままで徒歩で三十五分くらいかかっていたのだが、自転車だと、たったの十分くらいで学校に着いてしまう、速い！

あとで聞いた話によると、兄は高校に進学したかったらしいが、当時、我が家は経済的に進学できるような状況ではなく、とてもではないが「高校に行きたい」とは言えなかったらしい。そのせいもあってか、兄は自分の子ども三人を、全員大学に行かせている。

当時、兄は私に、

「せめてお前は、俺が働いて稼いだ金で、やりたいことをやれ」

と、言ってくれていた。自転車もその現れであった。

中学三年生の夏休みに進路指導があり、そんな家庭の事情もあったので、私は職業訓練校への進路を選び、夏休み後に亀戸職業訓練校の受験に合格、そこに行くことになっていた。

しかし、私は正直なところ迷っていた。まだまだ普通の勉強がしたかった。散々悩んだ末、

「まだ働かず、高校に行きたい」

と、母親に言った。高校進学率が五十五パーセントの時代であった。

母には、自分だけでは判断ができないので少し待つように言われた。

一週間くらい後に、学費とバス代は兄が出してくれるので、都立高校だったら行ってもいいという返事だった。

兄も高校に行きたかったのだろうけれど、家庭の事情が許さなかった。それで、中卒のまま働きに出ていた。

兄が自分に託してくれたのかもしれない。ありがたいことであった。

浜千鳥

昭和二十八（一九五三）年に入ってすぐ、ふさ子姉から母ちか宛に、『浜千鳥』の歌詞と、戸籍謄本を送ってくれるようにとの手紙が届いたと、私は後に姉から聞いた。

浜千鳥

青い月夜の 浜辺には
親を探して 鳴く鳥が
波の国から 生まれでる
濡れたつばさの 銀の色

夜鳴く鳥の 悲しさは
親をたずねて 海こえて
月夜の国へ 消えてゆく
銀のつばさの 浜千鳥

昭和二十七（一九五二）年十一月に、大牟田市の古賀議員が頭になって成立した「戦没者遺族に対する義援金……」の件——母親が再婚した場合は、子であるふさ子姉に義援金が支給される——を知ってのことであろう。

父親がレイテ島カンギポットで戦死したというニュースは、ふさ子姉も受けていたはずだが、浜千鳥の歌詞を同封したり、義援金のために必要な戸籍謄本の依頼をするなど、とうてい、十五〜十六歳の少女にはまだ考えはおよばないことである。きっと、近くに知恵をつけている者がいる。しかし、手紙の転送先には住所しか書いてない。

自分の子どもが国から義援金をもらうことに異議を唱える者はいない。

母ちかは、「ふさ子は自分で育てる」と言って、かたくなに細谷の家を離れず頑張っていた。六〜七年におよぶ女中経験で、人に仕えることは、相手に合わせ、先を読んで行動することだということも誰よりも知っていた。

しかし、姑に、食事の味付け、食べ方、日常の生活習慣の違いなど、やることなすことすべてにケチをつけられ、細谷家にいられないようにされたことへの私怨は強かったのかもしれない。あるいは、いたしかたないとはいえ、ふさ子姉への罪の意識もあったのかもしれない。

ふさ子姉が中学に入り、訪ねて来たときも、また、ふさ子姉が十九歳で結婚し、夫の正次さんと会いに来たときにも会っていない。

母は、この子は自分の子ではないという考えを、心を鬼にして貫く決心をしていたのだと思う。その決心は、生まれて間もないふさ子姉を細谷家に残したまま、それ以後、いちども顔を見ず、その生涯を終えていることに表れている。

私の母が冷たい人だと言っているわけではなく、人間的にはむしろ逆の温かい人であった。再婚して彦田家に母が嫁に来たときに、まだ四歳と十歳であった姉たちの話によれば、母はとても温かい人であったという。それは、兄の私への弟思いの考えにも現れている。

また、私はいまでこそ、身長一七四センチと大柄な部類であるが、小学生時代は小柄で可愛い子であった。発育が遅れていたのだろう、母親が一人前に育つかを心配して、当時高価であった、武田薬品の総合栄養剤「パンビタン」を飲ませてくれていた。

姉が現れる

私が姉のふさ子を初めて見たのは、母親ちかの葬儀のとき、昭和五十一(一九七六)年八月五日のことである。彦田家の長男、誉雄――母の実子ではない――が葬儀委員長を務め、菩提寺の昇覚寺で行われた告別式。私は最前列で安正兄の隣に座ってお経を聞いていた。

左側の最後列に座っている、見たこともない女性を見つけ、

「あの人、誰?」

隣に座っているテル子姉に、ほかには聞こえぬような小さな声で聞いた。

「おめえの姉さんだよ！」

「？……！」

私は一瞬とまどった。私には、姉というのは三人しかいないと思っていた。

あとから知ったたことだが、母親は、彦田家に嫁に来る前に、いちど結婚していたのだ。つまり、父と母は再婚同士ということである。

母親の葬儀をきっかけに、ふさ子姉との交流が始まった。私がその存在を知ったとき、ふさ子姉は四十歳であった。その前すでに、安正兄とは交流があったようである。

ふさ子姉の話によれば、母の最初の嫁ぎ先の細谷家で育ったとき、いろいろな苦労があったという。細谷家は、終戦間近の昭和二十（一九四五）年六月十日の朝、蘇我にある日立航空機の爆撃の際に、近くにあった細谷家も爆撃され、育ての親であるふさ子姉の祖父母も亡くなったそうだ。このとき、ふさ子姉は八歳であった。その後、身寄りのないふさ子姉は、いろいろな家に預けられ、さらに苦労を重ねたという。

ふさ子姉の話の中に、千葉県庁近くの「安田うなぎ」店という名があったので、私は、『浜千鳥』の歌詞の件などもこの店が関係していたのでは？　と思い、ふさ子姉が亡くなった後に、その店を見つけ、話を聞こうと行ってみたことがあるが、その店の主人は、すでに亡くなっていた。近所の人の話によると、いまは、奥さんらしい人が一人で住んでいるということであった。結局私は、話を聞くのは止めた。

さて、十九歳になったふさ子姉は、木更津の正次さんと知り合い、昭和三十一（一九五六）年三月二十一日に結婚した。二人は木更津でサウナ店を開店し、子どもにも恵まれ、ふさ子姉は、美智子、昇の二児の母となる。

平成十二（二〇〇〇）年七月に、私の姪にあたる、娘の美智子と二人で、甲府のブドウのお土産を持ち、千葉の御宿にある、私の店まで遊びに来てくれた。このとき、姪の美智子は、ふさ子姉とは体格は似ているが、どちらかというと顔立ちは旦那の正次さん似なのかなと思った。翌年の平成十三（二〇〇一）年に旅行で甲府に行ったとき、こんどは私が甲府からブドウを送った。

平成十六（二〇〇四）年七月二十五日に、ふさ子姉の旦那の正次さんが七十七歳で亡くなった。このとき、兄の安正は家のもめごとで行けず、私一人が木更津まで葬儀に行っている。

その後、私はふさ子姉が経営する木更津のサウナ店まで何度か訪ねて行った。あるとき、姉の携帯に電話をかけると、

「この電話は現在使われておりません……」

店のほうに電話をすると、私の甥、姉の息子の昇君が、

「母は脳の病気を発症し、話せなくなりました」

と言う。このとき、平成二十四（二〇一二）年十一月。

しばらくして、昇君から連絡があり、

「母は歯の治療に、叔父さんのお店に近い、鴨川の亀田病院に行くので、そのときにぜひ会ってあげて欲しい」

と言う。

当日、亀田病院に行くと、昇君の嫁の紀子さんに車椅子を押されたふさ子姉がいた。ふさ子姉は私の顔を見るなり涙を流してくれた。

次に連絡したときは、平成二十六（二〇一四）年九月。ふさ子姉は、木更津の特養

ホーム、「梅の香園」に入所していた。六人部屋に三人しか入っておらず、そのときは胃ろうをしていたが、頭はしっかりしていて、私が見舞いに来たこともわかっていた。

平成二十七（二〇一五）年、ふさ子姉の誕生日に見舞いに行ったときは、もう誰が来たかもわからず、ただ胃ろうで生きているだけという状態だった。私が見舞いに行ったことは、ホームから昇君に連絡され、昇君から、

「母は、今年いっぱいかなー」

という見解を教えてもらった。

それから少し持ち直しはしたものの、平成二十八（二〇一六）年九月二十三日に姉は七十八歳の命を終えた。

ふれあい

私が三歳のときに父が亡くなり、それからの母はたいへん忙しくなった。なにせ、同

居していた七人の異母兄弟の母親役だけではなく、父親役も兼ねなければならない。私には母親とふれあう時間が少なくり、母は、私のことをこまかく気づかうことがなくなった。

そんなわけで、例えば、私の箸使い、これはおそらく、母は、子どもに食事をつくるのが精いっぱいで、どのように食べるかまで気を使う余裕がなかったのではないかと思うのだが、私の箸使いは、小さい丸い物はつかめない。丸い物の乗っている器を口に持っていき食べている。公式な場ではきっと皆、陰で非難していることだろう。

そんな事柄は多々あった。私はもっと母とふれあい、気づかいをして欲しかったが、大家族で複雑な環境がそれを許さなかった。

私は二十一歳のとき、彼女の心変わりにあい、女性不信に陥って、三十歳過ぎまで結婚せずにいた。そのままだったら、いまでいう、男性単身者の仲間になっていたかもしれない。そのときの気持ちは悲しくつらいもので、若い心に突き刺さった剣のごとく、その衝撃は激しかった。しかし、いまではそれだけ純粋な心を持っていた証拠なのだと自負している。

あるとき、「私の息子は、いつになっても結婚しようとしません。誰かいい人はいませんか？」と、母が訪ね歩き、「お前のお袋が来たぞ」と、複数の友人からの声が挙がった。

私は、「そうか、母はそんなにも私のことを心配していたんだ」と思い。それまでの、「自分で見つけよう。見つからなければそれもいい」との考えが変化した瞬間だった。

私は間もなく、埼玉に住む友人の紹介で、いまの家内と知り合い、交際を始めた。そして、十ヶ月後の昭和五十一（一九七六）年の六月に挙式を挙げた次第。

残念ながら、母親は孫の顔を見ぬまま、挙式後すぐの八月初めに逝ってしまった。まるで私の挙式だけを待つようにして……。

結婚したとき、妻に、

「私はあなたに甘えるかもしれない」

と言った。しかし、妻は私の言っていることがすぐには理解できなかったようだ。

妻は幸せな家庭で育ち、日常生活の中で普通に甘えることができた家庭に育ったのだろう、だから、私の気持ちがわからなかった。

私の妻は常識的で賢く、私の兄妹に評判がいいのはもちろん、兄妹ばかりでなく、隣の研磨工場の社長さんをはじめ、近所の人たちにも評判がよかった。如才ないその態度が気に入られたのだろう。

私は評判のよい妻を自慢に思うと同時に、愛情に満たされた家庭に育ったことを、少しうらやましくも思っていた。

しかし私は、いくら両親が健在であっても、愛情に満たされず、寂しさを抱えて育つ人がいることを、その女、雪子との出会いで知ることになる……。

第二章

抑留

前年の暮れ、十二月に結婚したばかりの勝美は、赤紙が来て昭和二十（一九四五）年二月に満州へ歩兵として出兵をした。

日本は同年の昭和二十（一九四五）年八月に終戦を迎えるが、満州にいた勝美は、参入したソ連軍に拘束されシベリアに抑留された。しばらく、勝美の消息はわからなかったが、終戦二年後には、検閲され許可されたソ連からの手紙は日本へ届けることができるようになり、実家では勝美が生きていることだけはわかった。

その間、昭和二十一（一九四六）年十二月に長女が誕生した。勝美が応召される前に、妻サキのお腹に入っていたのだ。サキは戦争未亡人になってしまうことも覚悟していた。

サキはこの地方でいう「じょっぱり」、いわゆる頑固者で、意志の強い女であった。

生まれた子を、自分の名をとって咲子と名付け、夫の生死不明の間に、婚姻届とともに長女の出生も届け出ていた。

こうして、抑留中に父親となった勝美は、昭和二十三（一九四八）年十月、舞鶴に帰還。四年ぶりに祖国に帰り着き、すぐに青森の弘前にある実家に戻った。

戻ったばかりの勝美は、細い体で目だけがギョロリとして、出征当時と比べると十キロ以上、他人と見間違えるほど痩せていた。東北生まれで寒さや力仕事にも耐えられる体力があったため、寒いシベリアでの苛酷な労働に耐え、家族に会えることを糧に、粘り強く生きて帰ってきたのだ。

帰国後の勝美は、戦争や抑留生活のことは多くを語らなかったが、捕虜の中には、思い出話をしているうちに永遠の眠りについたり、起床してみると冷たい屍になっていたこともあったという。

「喉元過ぎれば熱さを忘れる」、のたとえどおり、昔の人の苦労話など、いまの若い人たちにはあまり関係がないのかもしれない。しかし、シベリアに抑留された多くの捕虜が、寒さや、筆舌に尽くせぬ苛酷な強制労働に、「祖国に帰り着くまでは」と、歯を食いしばり頑張っていたが耐えきれず、次々と死んでいった事実がある。日本人捕虜の約一割が死亡していた。

さて、帰還した勝美は、体力を戻すため、よく食べ、よく眠り、妻とともに体力の回復に努め、やがて次女の雪子を授かった。

雪子は昭和二十五（一九五〇）年一月六日生まれ。その日は弘前ではめずらしく吹雪の日であった。産気づいたサキのために、勝美は吹雪の中、医者を連れてきた。吹雪の中でたいへん苦労したので雪子と命名した。もし男の子であったら雪男で、「ユキオトコ、になっていたかもしれないぞ」、と笑いながら話していた。

姉弟

父の抑留中に生まれた雪子の姉、咲子は、母親似で頭のいい可愛い子であった。中学生のときは近くの学校に徒歩で通っていたが、高校は弘前市街にあるキリスト教系の学校に電車で通学していた。

咲子は高校時代に初恋をしている。初恋といっても相手に自分の思いを伝えたのではなく、いわば片思いであった。

地方の電車は東京のように何両も連なっているのではなく二両編成だったので、どの時間、どの車両に誰が乗っているか、ほぼ見当がついた。咲子が電車に乗るときには、その彼はもうその電車に乗っていた。そして、弘前の二つ手前の駅で降りていた。おそらく福祉大の学生だろうと目星をつけていた。

彼はいつも何かの本を読んでいたので真正面から顔は見たことがなく、いつも遠くから横顔を眺めているだけだった。咲子はいちど、座っている彼の座席の前を歩いて通り過ぎたことがあったが、読んでいるのは小説ではなく、医学書のような本だった。彼はときどき顔を上げ周りを見回して、また、本を見る動作を繰り返していた。周りを見回しているときに、顔を見合わせたことがあったので、もしかしたら覚えているかもしれないと思った。咲子は、彼の体格といい、顔立ち、雰囲気が好きであったが、一年ほどで見かけなくなってしまい、自分の思いを伝えられないままその恋は終わった。

いっぽう次女の雪子も、顔立ちは父親似だが繊細な面を持つ美人で、賢く、『風と共に去りぬ』(マーガレット・ミッチェル)、『老人と海』(ヘミングウェイ)、『赤と黒』(スタンダール)、『狭き門』(ジイド)、『人間失格』(太宰治)、『樅の木は残った』(山本周五郎)……を愛読する文学少女であった。が、雪子は自身からは頭のいいことをひけらかすようなことはなかった。

雪子は姉の咲子と同じ中学を卒業したあと、県立の柏木農業高校に自転車で通い始めた。父母は姉と同じ高校への進学を勧めたが、雪子は、誰かに強要されることを好まない性格、やはり「じょっぱり」。このあたりは母親に似たのかもしれない。そして、早く家を出て、将来は誰かとりんご農家ができればいい、と農業高校に進学していた。

雪子の人生にとって弟、友彦の存在は大きい。それは母親の存在よりも大きいと言えるかもしれない。母親とは互いに「じょっぱり」同士で、反発するばかり、そりが合わなかった。

雪子は、弟の友彦には、小さいときからなんでも話していた。家族のことや友達のこと、もちろん好きな男の子のこと、弟の好きな女の子のことも。やがて、少しずつ大人になり、将来の夢や不安、そしてセックスのことも話すようになった。といってもセックスのことは、弟の一方通行のような話ではあったが……。

高校に入った雪子はソフトボールに目覚め、毎日練習に励んでいた。元来真面目な雪子の遊びといえば、せいぜい学校帰りに「お好み焼屋」に寄るくらいで、当時のあだ名は「お姫様」

こんな雪子も、姉の咲子と同じく高校時代に初恋を経験する。雪子は頭のいいことをひけらかしたり、馬鹿なのに頭のいいふりをする男子は大嫌いだった。逆に頭のよさを出さず、冗談や馬鹿話のできる男子が好きだった。

そんな「お姫様」が、同じ高校の黒石から通学していた、野球部のりんご栽培農家の長男、佐藤の目に留まり、二人の付き合いが始まった。

しかし、この雪子の初恋は、姉の淡い初恋とはまったく異なるものだった……。

故郷を離れる

昭和四十二（一九六七）年六月、当日は午後から雨で、グラウンドでの部活動は中止になり、教室で、監督から夏のソフトボール県大会のルール説明や、大会に向けての話があった。

二十六人の部活仲間と監督の話を聞いているときだった。

「野球部の佐藤がスリップ事故で電柱にぶつかり、救急車で運ばれた」

という知らせが入ってきた。

わたしはその知らせを聞いたとき、椅子に座っていたが、へたへたと急に力が抜けて涙があふれてきた。

三年生の部員は、わたしたちが付き合っていることを知っていたので、仲がよかった同じクラスの友美が、

「監督、雪子が調子悪そうなので帰らせてください」

と、頼み込んでくれた。

監督の許可をもらい帰る支度をしていると、廊下のほうで、先生か誰かが、

「佐藤はかなり……？」

と、話しながら通り過ぎる声が聞こえた。

わたしは学校を出て急いで近くにある交番に向かった。交番で尋ねると搬送された診療所は教えてくれたが、怪我の具合はわからない。小雨降る中を傘も差さず診療所へ走った。

診療所には彼の両親と妹がすでに来ていた。皆、無言であった。

わたしに気がついた彼の妹が、

「死んじゃった……」

と、たった一言。

彼が自動車免許を取って一ヶ月あまり、バイクの単独転倒事故で電柱に激突し還らぬ人となった。彼と付き合い始めて三ヶ月目のことだった。


「どうしたんだ雪姉よー」

わたしの異変に気づいた弟は、わたしの前に座り込み顔をのぞき込んで言った。弟に泣きながら説明した。どんな言い方をしたのかは覚えていない。

あっという間に逝ってしまった。彼は還らない。どんなことをしても彼は戻らない。

彼は死んだのだ。何度、自分に言い聞かせたことか……。


あのときから五十年近く経ったいまでも、雨が降ると彼のことを思い出してしまう。

いまでも雨は嫌いだ。

もし、この事故がなければ、長男の彼と、黒石のリンゴ農家を継いで、彼の家に嫁に行ったかもしれない。かもしれないではなくきっと行った。

だから、彼との思い出のあるあの町を早く出たいと思うようになった。


しばらく何も手につかず、もちろん、夏のソフトボール県大会上位の夢も成し得ず二回戦で負け、その夢も終わった。

夏休みが終わり、真剣に卒業後の進路を考えなくてはならない九月に入り、叔母夫婦が、千葉で料理屋をしていることを思い出した。

わたしは叔母夫婦が経営する料亭「萩」に手紙を出した。叔母夫婦は、当初、青森の大鰐で寿司屋をしていたが、たび重なる平川の氾濫で、そのたびに店は水浸し。昭和三十五（一九六〇）年の「大鰐流れ」と呼ばれる平川の氾濫のときがいちばんひどく、わたしが小学校四年のこのときには、母と店の片付けに手伝いに行ったことがあった。

わたしは少し忘れかけていたが、叔母夫婦は覚えていてくれたようで、卒業したら「萩」

で働くことを受け入れてくれた。ただ、このときにはまだ、料亭がどういうことをする店かはまったく知識はなく、昔の寿司屋のころのイメージしかなかった。

そして、わたしにはもう一つ親元を出たい理由があった。それは、母親との確執だった。確執というほど大げさなものではないのかもしれないが、母親が自分の主張を譲らないことが嫌だった。母はまさに「じょっぱり」で、よく言えば自分の考えを持っている、悪く言えば、自分以外の他人を決して信用しない。父に対してもそうであった。

そして、最大の理由は、母親の父親以外の男の人を見る目が普通とは違うことに気づいてしまったのだ。両親の結婚は、お互いの親同士が決めた結婚だと聞いていた。三人姉妹の長女だった母親は、本来は好きな人を婿にとり、家の跡を継ぐつもりだったらしい。が、親同士が決めたので自分は親の意見に従っただけと言い張っていた。

わたしは、結婚し三人の子どもを授かったのだから、父親を一生の伴侶として愛し続けるべきだと思っていた。父が可哀そうだと思っていた。そういう母や父の姿を見たくないという理由だった。

母は、

「アンタのように一本気な女は、都会に出たら、ダマされたり、嫌な思いをするだけだよ」

と言って反対をした。父は、

「お前は母さんにそっくりだな」

と言った。

とにかくわたしは、この町と、この両親から離れ、自分で人生を切り開く道を選んだのだ。

「萩」

雪子の叔母イト夫婦が営む寿司店は、昭和三十五（一九六〇）年八月の「大鰐流れ」の大洪水で被害を受けたが、姉のサキと姪の雪子が手伝いに来てくれて、その年はなんとか店を続けた。しかし、毎年のように繰り返される洪水に、ここでの経営に嫌気がさし、当時の金額八百万円で、三年間営業した寿司屋を手放し東京へ出ることにした。それは、昭和三十六（一九六一）年八月のことだった。このとき、叔母のイトは二十六歳、夫の禎一は二十七歳、子どもの利一は一歳十ヶ月だった。

東京へは、誰かを当てにして出て来たわけではなく、また、実際には東京ではなく、隣県千葉の市町村で、伸び盛りの石油コンビナート群がある五井に目をつけ、まずは五井町内の寿司店に住み込みで働くことにした。五井は小湊鉄道というローカル線もあり、大鰐に似た環境だった。

寿司店に住み込み三年目、常連客で材木店の社長といわれる人との出会いが料亭「萩」の始まりである。イトたちにはお金も土地も建物もない。あるのは、禎一の料理のウデと、いままでに培った経営のノウハウだけであった。

常連の社長というのは、養老川の袂で材木店を経営している国吉という人物で、年齢は四十八歳。イトは、国吉の材木店経営と町会長というところに目をつけ、女であることを武器にして交渉し、店の売り上げの十パーセントを家賃として国吉側に支払うことを条件に、自分たちの店「萩」を材木店の敷地内に開店する契約をまとめた。

ただ、イトが懸念していたのは、材木店は養老川の袂にあり、もし養老川があふれて店が水浸しになったら……という思いだった。その点について国吉は「いままでもあふれたことはなく、川幅が広いので大丈夫だ」と。イトは、実際に見ても、川幅は平川の三、四倍はありそうで、これだけあれば、雨が大量に降っても大丈夫だと判断した。

そして、昭和三十九（一九六四）年十月の東京オリンピックに合わせて開店することにした。上京して三年という短い期間で新たな店を持つことができたのだ。

このオリンピックでは、重量挙げで三宅義信が日本の金メダル第一号となり、女子バレーボール決勝では宿敵ソ連を破るなどして、日本は計十六個の金メダルを獲得した。

さて、当初、「萩」は寿司屋として開店する予定であったが、「そのほうが儲かる」という国吉の助言もあり、酌婦や芸妓も呼べる料亭として開店した。

それからのイトたちは、「萩」を軌道にのせるため、ほとんど休むことなくがむしゃらに働いた。ちょうど、そのころ、弘前出身の井沢八郎が歌う『ああ 上野駅』がヒットしていて、二人の気持ちと重なり応援していた。

イトは店で出す料理は禎一にまかせ、自分では料理を運び、酌婦としても宴席についた。イトの愛嬌のある津軽弁と持ち前のサービス精神、イトが色気プンプンで天地真理似の美人であったこと、そして町の名士、国吉の知り合いが始めた店ということもあり、客はどんどん増えていった。

翌年の正月は、一日(金)、二日(土)は休み。三日(日)から予約が入っており営業を始めた。新しい年を迎えて、酌婦として、国吉氏の紹介で町田さんが入った。町田さんは四十三歳で独り者。離婚歴があり、顔は十人並み。地元の人間で、愛想があり、人当たりがよいと評判であった。

売り上げは、当初は一日一組しかない日もあったが、高度経済成長の波にも乗り、一日数十万以上を売り上げるようになっていた。

昭和四十(一九六五)年ごろからは、接待自粛の声が挙がり、料亭などはかなり影響を受けているようであったが、「萩」は盛況であった。

奥羽線に乗って

雪子は、荷物のほうはすでに「萩」に送ってあった。身一つで行けばいいようになっていた。

昭和四十三（一九六八）年四月六日（土）、青森駅十四時四十五分発、弘前駅十五時二十六分発「津軽二号」の何分間かの停車時間の間に、

「寒くないかい？　身体に気をつけるんだよ」

と、母親のサキは、雪子の着ている物に目を通して言った。経木の箱に入れた夕飯を用意してあり、それを雪子に渡す。

雪子は、親がどんな服を着ていたかなどまったく覚えていない。発車ベルが鳴り、両親が列車から離れ、通路に出た雪子は、列車が直線から左にカーブして見えなくなるまで手を振っていた。

列車は、十八時三十三分に秋田駅に着いた。メガネをかけ、まだあどけなさが残るその娘は、プラットホームで両親に見送られてきたのだろう、涙ぐんだ顔をしていた。四番のブースに入ってくるなり、

「ここの上で眠ります。よろしくお願いします」

と、言ってぴょこんとお辞儀をした。

国鉄では、予約を取るとき、男女別に寝台を取れるようになっているのだろうか？

その娘の名前は香といい雪子と同い歳、秋田市内の古くからある商業高校を卒業して、墨田区内の「Ⓚ石鹸」に勤める予定だという。二歳年上の姉はすでにその会社で働いているという。

当時、女子の大学進学率は五パーセントで、地方ではもっと低い数字になる。親の負担を減らすために都会に働きに出るのは当然の成り行きだった。

「津軽二号」は翌日上野駅に六時二十三分定刻着。叔母のイトが迎えに来ていた。香の姉も迎えに来ており、香とはそこで別れた。

雪子はイトと地上駅一、二番線に向かった。向かったといっても、イトの後ろをつい

て行くだけであり、秋葉原駅からは、白と紅色の準急「内房一号」の気動車に乗り換え、内房線の五井駅に向かった。五井まで一時間くらいだった。途中、イトはしきりに「疲れていないかい？」と、雪子の体調を気にかけてくれたが、寝台列車では、新庄あたりからはぐっすり眠っていたので、雪子は疲れをまったく感じていなかった。

当時の五井駅は平屋でスレート葺きのこぢんまりした駅舎だった。これなら、弘前駅のほうがまだ立派なように雪子には思えた。

駅からタクシーで十分もかからずに、川の袂にある「萩」に着いた。一キロ少しだろうか、最低料金だった。そこには、板前でイトの旦那の禎一と小学生になったばかりの利一が待っていた。雪子は利一に会うのは初めてであった。

「萩」の第一印象は――こんな河原の店で前の大鰐の店のように水浸しにならないだろうか？――という危惧だった。その店は、近くを流れる養老川に架かる中瀬橋より、またそのかたわらを走る国鉄の踏切よりも一・五メートルは低い所にあった。

そして、以前大鰐にあった寿司店を想像していた雪子は、その店の大きさに驚いていた。二階建てのその店は一階に調理室、隣に叔母家族が暮らす部屋と風呂があり、雪子は一階の奥の部屋を使うことになっていた。一階には客室が二部屋。二階には六部屋の客室があった。客室はすべて個室になっていて、風営法上、客室の個室に鍵はない。叔母家族の部屋と雪子の部屋には鍵がついていた。

驚いた様子の雪子を見て、イトが料亭のことをいろいろと教えてくれた。

雪子が「萩」で働き始めた当初は、料理を運ぶ係り、いわゆる仲居のような仕事をしていた。叔母のイトもそのつもりだったが、「あの娘にお酌をしてもらいたい」との声が客の間から多く挙がり、イトが、

「雪ちゃんはお酒は飲むの？」

雪子は、自分の家の蔵にあった「どぶろく」を、小学校の高学年ごろから盗み飲みをしていたので、酒には強く味もわかっていたが、

「いいえ、まだ二十歳になってもいないし……」

「大丈夫。無理して飲まなくていいし、ニコニコ笑っていればいいのよ。雪ちゃんなら、きっと人気者になるわ」

「これ、私のお古だけど……」

と言って、きれいな水色の和服を用意してくれていた。それからの雪子は仲居兼酌婦として「萩」で働くようになった。

それは、奥羽線に乗って千葉に来てから半年が過ぎた、九月ごろのことだった。


「姫」


五井の「萩」で働き出してから、もう少しで二年になろうとしたころ、わたしは二十歳になっていた。わたしは抱主である叔母に正直に、

「東京で通用するのか試してみたいんです」

と言って自分の思いを話した。

叔母は、少し考える風であったが、

「わかった、少し時間をちょうだい。雪ちゃんの代わりも探さなければいけないから……」

わたしは、自分が辞めることで穴があくことはわかっていた。だから、自分の都合だけで辞めるつもりはない。

「父の弟の子どもで、わたしの従姉妹の洋子ちゃんが、三月に高校を卒業したら萩に来てくれることになると思いますから……」

叔母の都合もあるのでこのように伝え、叔母の了解を得て、わたしは東京へ行けることになった。

早速、銀座八丁目の高級クラブ「姫」に電話をして面接することになった。

「姫」のママの山口洋子さんについては、新聞、テレビ、雑誌等で取り上げられていたので、ある程度の知識はあった。ママは二万人の東映四期生候補の中から選ばれ、女優として二年。二年で女優をあきらめ百八十度転進し、「姫」を開店したこと等……。東京で試すなら、その店で働いてみたいという願望があった。それに、高校時代のわたしのあだ名は「お姫様」だったから……。

面接を受けて、わたしの心の中では、ここで働くことにオーケーは出ていた。「姫」のママは、わたしが考えていたように頭のいい、しっかりした考えの持ち主であった。

ママ側でどんな答えが出るのかと思っていたら、わたしの心の動きを察して、

「働きたいのね。いまは五井？ 住まいを探さなければならないわね。もし、ないのなら私のほうであるけど？」

と言って、

「ワンルームのマンションが、月、四万で港区内にあるの、ここから近い所よ」

と、住む所も紹介してくれた。

そこは、国鉄浜松町駅から近いマンションで、「姫」からもタクシーで二キロ以内の第一京浜から少し入った所にあった。都営浅草線の大門駅からも近い所だった。

こうして、昭和四十五（一九七〇）年二月二日（月）から、わたしは高級クラブ「姫」のホステスの一員になった。

通常は二十時からの勤めであるが、初日は、十九時に「資生堂パーラー」の窓際の席から店の入口を見ていた。

十九時三十分にママの車が来て、「おはようございます」と言ってわたしを店に招き入れてくれた。

店は十坪くらいの広さであったが、在籍のホステスは三十人くらいいるという。その日の女性がそろったところで、

「今日から、啓子さんのヘルプとして働いてくれる雪子さんです」

と紹介された。時給は千円で、チップ等は啓子さんの考え次第。

満たされなくて

「姫」で啓子さんのヘルプとして働き始めて一週間が過ぎた。店は無休だったが、啓子さんの休みに合わせてわたしも休みになる。啓子さんのお客様は企業で働く人が多く、日曜、祝日は休みだった。

あるとき、お客さんがまだ来てないときに、わたしと先輩ヘルプの由美さんの前で啓子さんが彼のオノロケ話を始めた。

「私は、あの男が来ただけで、パブロフの犬みたいに、ツバというか、ヨダレがド

バーッと出そうになるのを必死でこらえるの。それでね、あの男の匂いでプルーストみたいに昔のことを思い出すの、昔といってもまだ一ヶ月くらい前のことよ」

と言って、わたしと由美さん、周りのホステス皆に聞こえるように話す。

確かに文学少女であったわたしでも、パブロフとかプルーストとかいう話にはついていけず、そのときは、ただ笑っているだけだった。

そして、ティラミスの話。わたしはデザートの名前だとばかり思っていたら、「玉の輿に乗せて」とか「私を元気づけて」とかいう意味深な原語訳があるらしく、「使うときは、気をつけてね」と言われた。

二ヶ月くらいしたとある夜、大企業の部長クラスの人が、

「若いっていいなー、疑いも欲もなくて」

と言って、啓子さんがほかの席に呼ばれていないときに、

「マンション買ってあげるから、俺の女になれ」

とも言われた。

わたしは、そこまでの野心があって夜の蝶になったわけではない。こういう申し出を

されても……。

また、あるとき啓子さんから、

「客は最低三十人は作りなさい。本当はもっと。多ければ多いほどいいの。毎日電話のできる人を作りなさい。そして、デートを申し込まれても、うれしい素振りはかくして、お客の言いなりにならないように！　自分のペースで相手を動かすのよ。その客も聖徳太子の友達がたくさんいるほうがいいお客ですからね！」

こんな話を聞いていて、わたしはこの店にはもう長くいられないと思った。

その日、マンションに帰り、「アンタのように一本気な女は、都会に出たら、ダマされたり、嫌な思いをするだけだよ」と言った、母親の言葉が思い出され、ベッドのシーツに涙を落とした。

そしてふと思い出した。上京して上野駅に着いたとき、香ちゃんのお姉さんが香ちゃんの大きな旅行鞄を持ち、手を引いて出口に向かい歩いて行った姿を。そしてお姉さんが振り返り軽く会釈していった姿を。香ちゃんはいまどうしているのだろう。イト叔母さんも「疲れていないかい？」とわたしに何度も声をかけてくれた。

それまでのわたしは「金の卵」と言われていたわたしたちの世代には、誰もが気を使ってやさしくしてくれるものだと勘違いしていたのだと思う。本当のやさしさが欲しかった。

三ヶ月

銀座でホステスとして働くことは、お客様をどれだけ抱えているかが決め手だということもわかる。お客様は多いほどよく、お客様ペースではなくて、自分のペースでものごとを進めることも学んだ。

どうして、こんな水商売の世界に入ったのかと考えると、世に言う――いい着物が着られます。高価なアクセサリーをつけて、オシャレをして、美味しい物が食べられます――。そして、素敵な男性と知り合える可能性が増える……。

男のネクタイが、他人に見られることだけを理由につけているのと同じ理由で、女はより美しく見せようと、つけまつ毛、口紅、ドレス、香水……をつける。

この十人並み以上の美貌と若さがあれば、男はチヤホヤしてくれモテる。わたしはただそんな理由で自分を試そうとしていたのではないか……。

銀座で働いたことで、わたしは自分の生き方を確認したような気がする。

叔母のイトに無理を言って東京で働いたが、自分の居る所ではない。自分の生き方ではないとわかり、「姫」を去ることにした。そして、「もういちど『萩』で働かせてください」、と叔母に頭を下げに行った。

普通だったら東京で働くと決めたときに、もう「萩」には戻れない覚悟で行くのが当たり前。でも抱主が叔母だ、ということに甘えていたのだろう。自分の行動が周りの人に迷惑をかけることに、自分は許される人なのだ、との甘えがあったのは確かだ。

二月二日(月)から働き出して、四月二十五日(土)の締めの日に「姫」を辞める。ちょうど三ヶ月居たことになる。五月五日が給料日なので「五日以降に取りに来てください」、と言われた。六日(水)に取りに行った。

「姫」で働いていたころ、都営浅草線で大門から一つ目の駅の新橋の前のほうで降りると左側を歩き四、五分くらいで「姫」に着く。服装は洋服と和服が半々くらいで出勤したように思う。

その間、いちどもデートには応じず、同伴で出勤ということもなく三ヶ月が過ぎた。定休日の日曜に出かけたといえば、銀座のデパートに香水や白の襦袢を買いに行ったことがある。日曜日の銀座は人が多く、人の顔を見るための外出みたいだった。

わたしは、少しずつ歳を重ね、行動範囲も広がり、欲しい物とか、きれいな物、可愛いい物とかを誰かにねだるのではなく、自分の力で稼げるようになってからは、自分で買う、自分の力で手に入れるというふうに変わっていた。

「姫」の中で気の合いそうな娘はいたけれど、仲よくなれずに終わった。最初のころは啓子さんに遠慮はあるし、ほかの娘とばかり話していたら、「あの娘と気が合うの？一緒に組んだら」と言われかねそう。そんなわけで、話が合う人は誰もできなかった。

日曜日の午後に歩いて増上寺に行ったことがある。そのとき、思い出したことだが、誰の話だか忘れたけれど、知り合いの誰かが死んで増上寺で葬儀というときに、その人は、喪服を着て増上寺まで行き、式場には入らず別れを告げたという。

増上寺の横を通り抜け、東京タワーに昇った。東京タワーに昇ったのは、初めてであった。当時は、そんなに高い建物はなく、かなり遠くまで見えた。その日は富士山もよく見え、対岸の木更津、五井のほうまではっきりと見えた。ここからテレビの電波が流れていることも知った。それは四月に入ったよく晴れた日だったと思う。

「萩」ふたたび

雪子は昭和四十五（一九七〇）年四月二十七日に「萩」に戻ってきた。

雪子の東京勤めは、対外的には、母親が倒れて看病に帰省していて、期間はわからないことになっていた。

雪子の使っていた部屋は、すでに従姉妹の洋子が使っていたが、とりあえず雪子は、そこに一緒に寝泊まりすることになった。「萩」の仕事のほうは、五月一日（金）から出ることにした。

「萩」に戻ってからは、

「もう、大丈夫なの？」

「お母さん、大丈夫？」

と、お客さんから心配する声をたくさんもらった。

「萩」の従業員は、和田さん、洋子、そして雪子と三人になり、必要に応じて五井の組合のほうからも、人を出してもらうようになっていたので楽になっていた。

雪子が戻って一ヶ月を過ぎたころ、

「ここは洋子ちゃんの部屋、わたしがここを出て行く」

と雪子が言い出した。

洋子は、

「私と一緒に暮らすのが嫌でなかったら、ここに居て」

と言い、結局、八畳間の真ん中に衝立てを置くことで話がまとまり、同じ部屋で暮らすことになった。

いままで従姉妹同士ではあったが、二人はいろいろと話をしたこともなかった。同じ部屋で寝泊まりするようになり、お客のことや自分の人生観、田舎でのこと、母親のことなどを話すようになった。

洋子が
「イトさんのお客を見る目、国吉さんを見る目が、旦那の偵一さんを見る目とは違う！」

と言っていた。

雪子は、やはり叔母と母は姉妹なのだ、と思った。

ヨソトチ

昭和四十六（一九七一）年の年の瀬に、「萩」にヨソトチの仕事の予約が入った。外房の御宿で、年明けの「新年会」の仕事であった。

「外房で仕事があるけど行ってみる？」

と、最初にイトから皆に打診があり、車を運転できる雪子に仕事が回ってきた。このころには雪子は二年の運転キャリアがあった。

女将であるイトは、

「ヨソトチの座敷に『萩』の芸者として出る以上、いままでの着物ではだめよ！」

ということで、新規に着物をあつらえてくれることになった。

雪子にとってはイトから譲り受けて着ていた物も含め、五着目の着物になる。しかし、年の瀬でもあり、間に合うかどうかが心配であった。

新年会に呼ばれている一月八日（土）のその日に、どうにか間に合うように新しい着物ができあがってくるというので、当日、イトと洋子、そして雪子は一階の座敷で待っていた。ぎりぎりの午後二時にやっと新しい着物が届き、

「着てみて直しがいらなかったら、今日、着て行ったらどう？」

とイトが言う。

着物は大島紬で、雪子は大島紬の着物は初めてであったが、その色といい着心地は最高であった。色合いは淡い茶色で、近くで見ると格子の縞が入っている。それに深い紅

色の長襦袢が一対になっていた。雪子は大島紬の色合いとその肌ざわりを気に入った。

「いいんですか、本当にこれを着て行って？」

「よかった、気に入ってくれて」

と、イトも喜んでくれた。

洋子も、

「雪子ねえさん、とってもきれい」

雪子は、その着物を脱ぐことなくそのまま、五時からの新年会に間に合うように、三時半ごろには自分の運転する軽自動車で外房に向かった。

御宿の料亭「松風荘」に四時四十分ごろに着いた。国道に面したわかりやすい場所だった。新年会の宴会場所は、二階の角の八畳の間で、客は六人ということ、ちょうどよい広さだ。

雪子以外には、地元の芸者、栞が呼ばれていた。年齢的には雪子と同じくらいで、雪子に負けず劣らず若くてキレイだった。身長は雪子より五～六センチほど低かった。

芸者の控えの間は一階のいちばん奥の部屋で、大きな鏡台があり、簡単な化粧もできるようになっている。トイレは一階の手前にあり、雪子は一応済ませてきた。約束の時間は五時から八時までの三時間。

そのころの雪子は、芸こそできないものの、対外的には酌婦ではなく、芸者ということになっていた。つまり、そのほうがいっぱしの花代がもらえるということだった。

どうやら、栞も雪子と同じようで、踊りや都々逸などの芸ごとができるわけではないらしい、

「お酒を注いで、お客と話を合わせるだけよ。楽しくやりましょう」

と言っていた。

一目惚れ

「おねえさんがた、お願いしまーす」

約束の三分ほど前に、料亭の仲居さんが知らせてくれた。

その町の芸者、栞は、やはり町の情報に詳しく、新年会を開いたガス・水道工事会社のことも知っているようだ。陽気な栞は、「デレスケ」――好色でだらしない男――と客のことを冗談で呼んでいた。

その会社は、工事会社といっても、様式では株式会社になってはいるが、会長とその息子の社長、そして従業員が四人の零細企業で、この町では、この会社と合わせた三軒の工事会社が、町の仕事や県の仕事を、談合で受注して成り立っている、とのことであった。

会長は、五十五歳で人のよいおじいさんという感じの人。社長は二十七歳で頭がよさそうな感じであった。会社の名前は創業者である会長がつけた、社名を名乗っていた。いまは従業員は四人だが、この数は出入りが激しくどんどん変わるらしい。

宴会場の窓を背に右側に会長、隣に社長、そして両側に従業員が二人ずつ六人で、約束の時間の前に、すでに酒宴は始まっていたようだ。栞は会長と従業員の間に、雪子は社長と従業員の間に入り接待をした。

会長も社長も酒は飲めるがあまり強くはなく、どちらかというと、従業員たちのほうが酒は強い。社長は会社の新年会ということで、しかたなく来たという感じであった。

しかし、社長は、雪子と二言三言言葉を交わすうちに、その賢さと、雪子の持っている雰囲気、大きくて人の心を奪うような目で見つめるその瞳、営業スマイルなのかもしれないが愛らしいその笑顔、そして、なんとも色めかしい大島紬の着物姿にどんどん惹かれていくのが誰の目から見てもわかった。

そのことがはっきりしたのは、社長は新年会が御開きになるころにその場で、二週間後の一月二十二日（土）に雪子を指名して、同じ場所で宴会をすることを決めていた。

昭和四十七（一九七二）年、その年は、二月三日〜十三日までの期間、札幌で冬季オリンピックの開催が予定されていた。このオリンピックでは、七十メート級ジャンプで日本人がメダルを独占する大活躍で、彼らは「日の丸飛行隊」と呼ばれるようになった。

さて、二週間後の宴会には、会長と社長、そして、設計事務所を経営しているという次男の元晴が同席していた。この日の接待は雪子一人だけで、どうやら三人は、雪子を社長の花嫁候補として検分に来たようだ。社長の勝行は長男で、年齢は二十七歳ということだった。

勝行は二月五日（土）にも雪子を指名してその料亭に来ていた。そして、次の十二日（土）の予約もしていった。

勝行は、男の常として、惚れた女を積極的に追い求めていた。雪子は、そのスピードぶりにためらいながらも、真面目で頭がよさそうで、背は高くいい男だし嫌ではなかった。ただ、収入と性格はまだよくわからない……。

雪子は二十二歳、結婚適齢期で、仲のよかった高校のクラスメート、友美をはじめ、田舎に残った友人の何人かはすでに結婚したことを、弟の友彦から聞いていた。そろそろ自分も結婚を考えてもいい時期にさしかかっていることは感じていた。

その後も、勝行は週末ごとに雪子を指名した。雪子は内房まで運転して帰るので酒は一切飲まなかったが、二人は帰り際に、小さな部屋でキスを交わすまでになっていた。

そして、勝行の思いはどんどん深まり、話は結婚にまで進んでいた。

このころになると雪子も、小さな工事会社とはいえ、社長夫人になることを夢に描くようになり、いままでの夜型から、違う生活パターンになることを望むようになっていた。

追憶

東京で一人暮らしを始めて、ベッドのシーツに涙したことは何度もあった。そして、最近は昔のことを思い出し、涙を流すことがよくある。

わたしが平賀小学校に通学し始めてから柏木農業高校を卒業するまでの田舎の田園風景。わたしが過ごした青春時代の思い出。

いちばんは、彼が還らぬ人になってしまったこと。仲がよかった弟、友彦とのいろいろな思い出。我が家の囲炉裏の前に集まる人たちの顔、それは、りんごの収穫期に手伝いに来る近所の人や親戚の人たちの顔、そして、その人たちとのふれあいなどが、昔の田園風景とともに脳裏に浮かび上がってくる。

東の空が白むころ起きて、終日、田や畑で働く仲がよかったころの父母。それを手伝うわたしと姉弟の姿。やがて日が暮れて広い土間で薪を焚いて、母は夕餉を作る、父は夕餉ができるまで酒を飲む。そして、夕餉を食べて一日が終わる。そんな日々が思い出される日もあった。

こちらに来てからの生活は一変し、最初は、何を考える余裕もなく過ぎてしまったけれど、少し考える余裕ができると、いろいろなことを考えてしまう。そして、東京で経験した三ヶ月間の自分の生活様式にもなじめず、わがままを言って「萩」に戻ってしまったことなど。

こちらでは田舎で味わったような、ゆったりとした時間の流れはない。人々は、いつも、何かに追われているようにときが流れている。

田舎では、列車は三十分から一時間に一本しか来ないのが当たり前だったのが、東京では、二分から五分に一本とか、十分から十五分に一本と、次から次へと来る。そして、その列車にはたくさんの人が乗っている。

こんな風景を見ると、自分の人生は、もっと「ゆったり」と歩みたかったのでは……と考える。

二度目の決別

昭和四十七（一九七二）年三月五日（日）、いつもの料亭で、勝行と弟の元晴、会長、そして、初めて勝行の母、会長夫人の愛子に雪子は会った。愛子も雪子のことを気に入ったのか、好意的に話が進んで、結婚式の日取りまでも決めてしまおうということになった。

日取りは十月十五日（日）か十一月十九日（日）の大安のどちらか、式の場所も料亭兼結婚式場も兼ねている、この「松風荘」がよかろうということになり、結局十月十五日（日）に決まった。正式に結婚が決まったお祝いに全員そろって記念撮影をした。

「萩」に戻って叔母のイトに報告すると、

「おめでとう。こうなるだろうとは思ってたは、雪ちゃんもお嫁さんになるのね」

と、少し残念がってはいたものの祝福してくれた。

そこで雪子は、青森の両親と親戚への報告と了解を得るため、一人で青森に帰ることを決めた。三月十五日（水）から十七日（金）まで休みをもらい、十五日発「津軽一号」二十二時二十二分発で帰ることにした。昼間走る「はつかり一号」八時五分発では、火曜日の仕事ができないため夜行で帰ることにした。


翌、十六日、十四時四十五分に弘前駅に着くと、弘南鉄道口に三歳年下の弟、友彦が父親の車で迎えに来てくれていた。弘前から十キロくらいの道のりをゆっくりと弟の運転する車に乗って三年ぶりに実家に戻った。

実家では、両親と、すでに嫁に行っていた姉の咲子が待っていた。姉の旦那は、仕事が終わってから来るらしい。

「疲れているだろうから、少し横になってから話を聞こう」

と父の勝美が言った。

二階の自分の使っていた一室に布団が敷いてあり、雪子はそこで少し横になったが、眠ることはできず、一時間ほど横になっていた。

三月五日に撮った写真を持ってきていた。写真には結婚相手の勝行と雪子が座って並び、その後ろに中腰で、弟の元晴を挟んで会長と奥様が写っていた。皆、笑顔だった。雪子は横になったままでその写真を見ながら、どのように言ったらいいものかと考えていた――御宿のガス・水道工事会社の嫁になること――旦那は二十七歳の長男でその会社の社長――株式会社で二千百万円の資本金――事実上は同族会社――。

夕方早めに、姉の旦那も来たということで、雪子はことの成り行きを報告した。

しかし、両親は猛反対をした。

零細企業で田舎の工事会社と聞いただけで将来性はない、と見ているらしい。父親は、こちら、弘前での結婚を考えていたようだ。弟の友彦も一緒になって説得を試みてくれたが、「オーケー」の言葉はでず反対の声は崩せなかった。

そして、母親に、

「親の反対を押し切って行くからには、何があっても絶対に帰ってくるんじゃないよ！」

とまで言われた。

姉の咲子は泣くばかりで、その旦那も終始無言だった。

雪子は、祝福されるとばかり思っていたので、とてもショックだった。


その夜、雪子と弟の友彦は、実家に近い弘南鉄道の平賀駅近くの店で飲んでいた。左側にカウンター席が七つ、右側には小上がり席があり、四人掛けテーブルが二つ置いてある、小洒落た小料理屋だった。二人は奥のカウンター席に座った。その店のママは、雪子より一まわりくらい上の年齢で、

「宮崎の雪ちゃんと友ちゃん？」

と二人を思い出したようだった。二人とも昔は、そのあたりでは、美人の姉と可愛い坊ちゃんと言われていた。

弟の友彦は、姉と両親の交渉を振り返り、

「娘がつかんできた幸せを壊すんだね。自分で見つけてきた幸せを認めてやるのが親だ

ろうが！」

と、雪子が自ら口にできないことを言っていた。

二人とも、酒には強く、いくら飲んでも酔えない。カラオケのできる近くのスナックに移り、そこで、雪子は、母親が言った「親の反対を押し切って行くからには、何があっても絶対に帰ってくるんじゃないよ！」、を思い出し、酒を飲むことで忘れようとしていた。

そのスナックには、ほかの客が二組ほどいたが、二人はほかの客にかまわず歌い続け、やっと腰を上げたのは、日付が変わってからだった。その店から一キロくらいの実家までママが車で送ってくれた。

次の朝、雪子は酒が残る重い頭を抱えたまま、予定を早め「はつかり二号」で東京へ戻った。

初めて上京したとき以来、二度目の両親との決別であった。

結婚

昭和四十七（一九七二）年十月十五日（日）に結婚式を挙げた。十一時から行われた式は、「松風荘」の広間で行われ、雪子は文金高島田、勝行は梅鉢の家紋入りの黒紋付で式に臨んだ。

一宮から宮司が駆けつけ、祝詞を読み上げ二人の将来の幸せを祈願した。式には雪子の父母は出席しなかったが、叔母のイトが母親代わり、夫の禎一が父親代わりを務め、同僚で従姉妹の洋子、姉の咲子夫婦と弟の友彦も弘前から駆けつけてくれていた。両家とも、本当に身内だけの厳かな式であった。

式は二十分ほどで終わり、大広間での披露宴が行われるため、いちど控え室で準備ができるまで待機することになった。

十二時から披露宴開始となっていたが、十二時十分前に準備が整ったと連絡があり、両家と出席者の一同が席につき、花婿、花嫁の入場を待った。照明が落とされたところに、花婿、そして、女中頭に先導された花嫁が入場した。

二人が席についたところで、司会役の松風荘の社長の言葉で披露宴が始まった。祝辞、祝電の披露などはなく、司会者の「おめでとう」の言葉によるの乾杯の唱和があった。

しばらくして、新婦側出席者から、新郎への祝杯の盃が代わる代わるもたらされた。もともと酒にあまり強くない勝行は、顔を真っ赤にして応じていた。

いっぽう、雪子の所へは、勝行の会社の従業員の亀山が、

「姉さん、いや社長夫人。飲めるんだって？　お祝いの盃です。飲んでください」

と、徳利を持ってきた。ぬる燗であったが、従業員ということもあり、雪子は嫌な顔をせず応じていた。亀山は酒が回っているのだろう、顔が少し赤かった。

そのあとは、誰も雪子に酒を注ぎに来る者はなく、酒が好きな雪子は、花嫁なので自ら手酌するわけにもいかず、自分で酒の徳利をあげて合図するわけにもいかず、しばらく過ごしていると、その様子に亀山が気づき、女中に酒を持って来させた。たぶん亀山

は責任者クラスなのであろう、気遣いができる人間なのだ。

司会者の進行に合わせ、余興の歌のコーナーが始まった。弟の友彦が、天地真理の『ひとりじゃないの』を、歌詞を変えながら歌い、そして亀山が、小柳ルミ子の『瀬戸の花嫁』を、やはり歌詞を変えながら歌って、二人とも、出席者から拍手と喝采を浴びていた。

弟の歌で誰かが気がついたのか、

「お嫁さんの叔母さんもそうだけど、お姉さんは天地真理にそっくりだねー。お嫁さんの家系は美人さんぞろいだ」

と、言っていた。出席者の何人かは、明らかに雪子より、姉の咲子のほうに視線を向けていた。

式も披露宴も滞りなく二時には終わり、出席者が大広間から出ていくのを新郎新婦が見送りに出ていた。叔母のイトだけは酒は飲まず、バンタイプの車で禎一や従姉妹の洋子を車に乗せ五井に帰って行った。姉夫婦と弟は、ここから東京まで行き夜行に乗る予定。

雪子は、出席者が帰ったあと軽く風呂に入り、薄化粧をして二階の奥の部屋に行くと、部屋には布団が敷いてあり勝行が大の字になって寝ていた。雪子も隣で横になっている間に寝てしまった。

嫉妬

結婚当初、雪子はいつもジーパンを履き、髪を後ろに束ね、高校生のような出で立ちで働いていた。そんな雪子を見て、「張り切ってるなー」と思い眺めている男がいた。もちろん、夫の勝行である。

雪子は、父親の右腕として働く夫の補佐役として、必要な物を現場に配送したり、ときには、残土をスコップで車に積み込み会社の敷地に降ろし、積み込む物によっては、有料の町の清掃センターに運んだりして大活躍であった。工事会社の嫁として少しでも手助けになればと頑張っていた。従業員たちからの評判もよかった。

そんな雪子が体の異変に気づいたのは、その年の暮れになってからのことだった。どうやら妊娠したらしい。隣町の産科に行くと、案の定、妊娠三ヶ月と告げられた。

夫の勝行は、たいそう喜び、子どもの誕生を待ちわびるようになった。もし男の子だったら三代目である。

しかし、妊娠した雪子が大事をとって家にいることが多くなっことに比例して、雪子に対する、姑、愛子のイジメが日に日にひどくなっていったのである。

姑の愛子には、二十七年間育て世話をしてきた、長男の勝行が、嫁の雪子に取られたという思いが強かった。また雪子が美人であることも、そして、自分にはできなかった車の運転をして、甲斐甲斐しく仕事を手伝い、皆から評判のよいことも疎ましく思っていた。

イジメとはイコール嫉妬であろうか。嫉妬とは、自分にないもの、できないものに対して、つまり、若さであったり、自分より美人であったり、車の運転等々……をうらやむ心ではないかと思う。

また、勝行の家系は、近親結婚を繰り返し、血縁が近いため、劣勢遺伝の子が現れる可能性が高く、先天性の病気や障がいの子が生まれる可能性があったという。

実際に、姑、愛子の生んだ第一子の女の子は死産。その後に長男の勝行が生まれ、第三子の女の子は、生まれて数年後に体が弱く死亡している。第四子が、設計事務所を開いている次男の元晴である。愛子にとっては、自分の生んだ女の子は育たなかった。ましてや嫁になど行くことはなかった……。こんな事情もイジメに拍車をかけた原因かと思われる。

勝行は、雪子が母のイジメにあっていることを知ってはいたが、甲斐性なしで、雪子に助け舟を出すようなことはなかった。

それは、嫁に来たばかりの雪子よりも、長い間、自分を育ててくれたのだという母への思い、そして、自分の家系と母が負った悲しみを知っていたからなのかもしれない。

とにかく、雪子をほとんど姑からかばってくれなかった。

イジメによるストレスなのか、雪子は全体に痩せていて、臨月になってもあまりお腹の大きさも目立たなかった。

昭和四十八（一九七三）年九月九日に長男、和之が生まれた。体重はやや小さめの

二、五四〇グラム。心配をしていたが五体満足。
勝行の喜びは大きく、三代目の誕生に、会長もとても喜んだ。

雪子は、弟の友彦を通して、弘前の両親にも知らせたが何も返事はなかった。

雪子には、第二子、第三子も作りたい気持ちはあった。しかし、家系のことを知り、姑の例もあるので、自分たちは近親結婚ではないが、もし、夫のほうに潜んでいる遺伝子が影響して、あとで悲しい思いをするのも嫌だという気持ちが強く、もう子どもは作らないということになった。

そして、もしかしたら孫ができたことで変わるかも？　と少しの期待を抱いていたが、和之を生んでからも姑のイジメは続いていた。

家庭内別居

昭和五十八（一九八三）年、和之の学年が替わる前の三月に、雪子は小学校三年生だった息子の和之を連れて家出をした。このとき、雪子は三十三歳。

理由はいろいろあるが、夫、勝行との気持ちのズレがいちばん大きい。そして、姑のイジメで、勝行が姑との間に入ってくれなかったこと。子どもを一人しか産まなかったこと。自分はまだ三十三歳でやり直しができる年代であること……。

雪子には、両親の反対を押し切って結婚したので、弘前の実家にはおいそれと戻れない事情はあったが、弟の友彦と連絡を取り合い、とにかくまず、弘前に向かうつもりでいた。

勝行が仕事に出て、家にいない間に、雪子は最少限の荷物を持ち、和之と駅まで歩いて行った。

駅のホームで、

「これが最後の見納めだから、よく見ておきなさい」

「ぼくは、こっちに残る」

子ども心に、和之は母親がこれから何をしようとしているのか察したのだろう。和之のこの言葉で、雪子は家出をあきらめた。

この家出騒動の前後に、雪子の家庭では、会長が昭和五十五（一九八〇）年、六十三歳で脳卒中で亡くなり、その少し前には、夫の勝行が遺伝子のせいか体調を崩し、早めに治療したので大事には至らなかったものの結核を患った。

雪子も、平成元〜平成五（一九八九〜九三）年くらいまでの間は体調が悪く、人生最悪のときだった。体重は三十キロ台で顔はシワだらけ。その後、取引先の紹介で、ジェイアール浜松駅近くの、「うなぎパイ」で有名な春華堂ビルにある治療院まで、藁をもつかむ思いで、新幹線に乗ってプラセンタの治療に通い始めた。一年くらいたったころに調子がよくなり、かつての美しさを取り戻し始めた。

平成八（一九九六）年十二月に、姑の愛子が、くも膜下出血で倒れ、鴨川の亀田病院に運ばれ、一ヶ月後に還らぬ人となった。

姑が亡くなるまでの一ヶ月あまり、雪子が付きっ切りで看病をしたが、夫の勝行は、嫁なので当たり前だと思っていたようである。

姑のイジメや、夫との不仲が原因なのか、雪子の更年期は早く現れた。

塞ぎがちな日々を送っていた雪子であったが、「カラオケ」という生き甲斐を見つけ、自宅に機械まで買い入れて歌い始めた。

歌うことの楽しさを見つけた雪子であったが、勝行に対する気持ちに変化はなく、それは現在も続いている。

いわば家庭内別居状態！

第三章

その女

その女は唐突に現れた。

「この席よろしいですか?」

そこは、外房にある観光に力を入れている小さな港町。海に近いスナックのカウンター席。

男は客が歌うカラオケ画面に見入っていた。その女は一人で店に入ってきた。近くの飲食店で偶然隣り合わせた男に、先にその店に行っているから、「来ない?」、と誘われたのだ。しかし、その男はその店にはいなかった。

カウンター席とボックス席を一瞥して女は一瞬、帰ろうと思ったが、入り口から三つ目のカウンター席にいた、人のよさそうな男が目に留まり、その男の隣の席に着いた。

男は目の大きな黒ずくめのその女を一瞬チラッと見て、

「どうぞ」

と言って、すぐにカラオケの画面を見つめなおし、グラスを傾けていた。

その女は、初めての来店ではないらしく落ち着いた様子だった。

店の女がカウンターの中から、

「何にします？」

「ビール」

「アサヒとキリンどちらにします？」

「アサヒで」

その女は出されたビールを自分でグラスに注ぎ、何か満たされないような表情を浮かべ、左手で小さなグラスを持ち一気に飲んだ。

日曜日の夜の八時を少し回った時間だったが客は多く、店の女たちは、一人ひとりのお客にきめ細かな対応はできていなかった。対話を求めて来た客は、近くの客に話し相手を求めるしかなかった。

その女が帰らずに店にとどまったのは、自分の右隣の男が自分の満たされない気持ちを癒やしてくれるかもしれないという直感があったからだ。

男性客のカラオケが終わった一瞬の静寂の間に、その女は男に話しかけた。

「よく来られるんですか？」

男は正面のカラオケ画面から目をそらして、左隣の女に目を移し答えた。

「ときどき」

その女は色白で整った顔立。なかなかの美人である。明るい感じだが、何か一点、影が漂っていた。

「どこにお住まいですの？」

「高台です」

「いい所に住んでいらっしゃるのね」

男はしばらく考えていたようで、

「提案です。ここは外房の漁師町……だから、もっとくだけた会話にしましょう」

「わかった。それのが楽だあ……」

女は急に、東北訛りで話しだした。

その女は店の女、加代子と知り合いだった。挨拶を交わしていた。

「加代ちゃんとは同じ青森の出身だあー」

女は、この人となら飾らない言葉で話せる。わたしの人物観はきっと正しい。何か、何年も前からの知り合いのような感じの人である。心の中のモヤモヤとしたことを初めて会った人に話すつもりはなかったが、自分でも気づかぬうちに話し始めていた。

人は誰かに自分の秘密を話すと親しくなれるというが、この女は意図的に話しているのではない。自分一人の心の中に収めておかなければならない思いを誰かに話したかったのだ。

きっと、この女は寂しさや、孤独感を抱えているのだろう。そんなときは「誰か」に話してしまうのがいちばんの解決策になることが多い、と男は思った。

女は加代子にねだられて、カラオケを歌った。懐かしい曲で『ああ上野駅』、その女はカラオケがとても上手かった。

男もお返しにとばかりに、山川豊の『アメリカ橋』を歌い、こちらもたくさんの喝采を浴びた。

二人の出会いの夜だった……。

百生会

十月十一日（金）に、元気に歌って皆で百歳まで生きるというテーマのサークル、「百生会」が隣町の国道沿いのスナックで行われる予定だった。

「あなたも参加してみる？」

「あなたが出席するなら私も出席します」

会場となったその店は、酒を飲む人なら誰でも知っている大きな店で、鏡を多用し、総勢四十〜五十人は入るスナックだった。「百生会」のメンバーは、国道寄りの一面を縦長に陣取っていた。

システムは、その日の参加者が歌う曲を、六十代後半の店のママが、一曲ずつカラオケ機に入力する、いわゆる「千円カラオケ」で、その日の参加者は二十七人。二十七人×三分＝八十一分×二曲で百六十二分、計二時間四十二分。十九時から始まったその会は二十二時ごろに終わる予定。ちょうど切りのいいところで終わるようになっている。

そして、その日は、男六名、女二十一名。男女比からいけば、男一人に女四人で、男はモテるはずなのに、魅力がないのか、楽しくないのか、お金を持っていないのか、なぜか、あまりモテた話は聞こえてこない。

男としてモテるというのは、悪くない。しかし単純に歌うことだけを楽しみにしている人もいれば、また、女の人は他人の目があり、そうやすやすと「あの人がいい」とは言えない。

ただ、雪子の場合は、

「わたしの彼、連れてきたよ」

と、私を紹介している。
「百生会」は、それから十二月、二月、四月くらいまで、隔月で開催した記憶がある。
当時、御宿からは、Cさん、Tさん、Kさん、雪子、そして私の五人が参加していた。

新百生会

やがて、「百生会」は、会費が千円じゃ安いから、三千円にしようとするグループと、千円のままでいいというグループに分かれた。結局、グループは分裂し、雪子と私のいるグループは、町の新たなメンバーを二人加えた七人と、隣町グループの三人を加えた十人で、千円グループの「新百生会」を発足した。開催日は毎月最終金曜日だった。

当時、東京の中野ゼロというホールで行われていた、キングレコード主催のカラオケ大会に、メンバーが出席することになった。私たちは、その応援に行こうということになった。大会は八月の最終土曜日に行われていた。平成二十六（二〇一四）年、平成二十七（二〇一五）年と二年連続して、応援に行っていた。

その大会に応援に行くために、土曜日の七時三十一分御宿発の特急に乗り、蘇我で降り、千葉駅で合流する人のために千葉駅まで鈍行で行き、総武線各停で御茶ノ水まで行き、快速に乗り換えて、十一時の開催時間に間に合うように、中野まで行っていた。

平成二十八（二〇一六）年も応援にいくことになっていたが、「新百生会」を金曜日に行って、翌日の土曜日にカラオケ大会の応援では、連日たいへんなので、「新百生会」は月曜日に開催することになった。それに、月曜開催のほうが経費も安くなるという。

しかし、私にはこの措置と経緯は直前まで知らされておらず、私は驚いた。

このことを言うと雪子は、

「わたしのやり方に皆さん、納得してくれましたよ！」

「……ああ、そうですか！」

と、答えるしかなかった。

単に連絡を忘れただけなのかもしれないが、雪子の頑固さが目につき、また、彼女の独断専行が出てきた時期でもあった。

このことがあってから、私は「新百生会」に出なくなった。連絡もしなかったし、雪子のほうからも連絡はなかった。

泣く女

すっかり秋らしくなった九月の寒い夜、玄関のチャイムがピンポーンと一回だけ鳴った。外に出てみると誰もいない。空耳かなと思い、テレビニュースの続きを見る。

次の日もまた、同時刻ごろ、ピンポーンと鳴る。こんどは空耳じゃない。外へ出ると見覚えのある後ろ姿が八十メートル先あたりを歩いている。

私はすぐに鍵をかけ、ジャンパーを着て追いかけた。緑道に近い、初夏になると見事

に藤の咲く公園の所でやっと追いつき、

「どうしたの？」

「先日は、あなたを怒らせてしまって、ごめんなさい。馬鹿な女だと思っているでしょう？　昨日も来たんですけど、あなたは気づかなかった」

そして雪子は、

「あなたを怒らせてしまいごめんなさい、わたしの至らなさです」

と、同じようなことを何度も言って詫びながら、しゃがみ込み涙を流していた。一緒にいる人が安心できるからこそ、人は泣けるのかもしれない。私は何と言ってなぐさめたらいいものかと思案していたが、

「喧嘩になるときは、売り言葉に買い言葉だから、どっちが悪いとは言えないよ」

と言ったはず。

「私も長い間意地を張っていて大人げなかったよ。大丈夫、もう怒ってないよ」

となぐさめた。涙も止まったようなので、

「家の近くまで送って行くよ」

「もう、大丈夫、一人で帰れます」

というので、車道を渡り、緑道の手前のゆるい下り坂を右に曲がった所で別れた。彼女が七十メートル先の角の所を曲がり見えなくなるまで見送った。

男は女の涙に弱い。女は涙を流すことで自分の感情をリセットしやすいという。

そのとき、考えたことは、自分の残りの人生を憎しみのために浪費するのはよくない。誰とでも仲よく暮らすに越したことはない、と思った。


私は「つつきっこ」が大好きだ。

それは、母親とのふれあい、ボディータッチが少なかったからではないかと思う。いい歳をして、つつきっこが好き、にはそんなわけがある。

雪子は父母健在の家庭で育っているが、おそらく母親から、あまり可愛がられた経験がないのかもしれない。ボディータッチができる環境にありながら、されていない子は多いと思う。きっと雪子もつつきっこを求めているだろう。

「何をいまさら」、という人は、その必要のない人である。つつきっこの意味がわからない。

私は、「つつきっこ」をして、昔できなかったことを取り戻そうとしているのだろうか。

夢のホワイトデー

「抱いてください」

私の胸は高鳴りを覚えた。その日、雪子はなぜか言葉少なめであった。この季節にしては軽装である。

ちょっと見つめ合い、黒のセーター、格子柄のブラウスを脱ぎ、デミパン、靴下、タイツも脱いだ。ショーツはＴバックでなく、おしりがかくれる白のショーツだった。ブラのホックを器用にはずした。

ウエストのくびれは、女性の輪郭を強調している。後ろ向きのまま、

「照明を落としましょう」

と言って、ベッドに先に入った。

「ねえ、二人が最初にキスしたとき、覚えてる？」

このとき、雪子のうなじのあたりから、甘い香水の香りが鼻を突いた。

私にとってプルーストの香りだった。

ホワイトデーの晩、私は不思議な夢をみた。

輪廻

最初のうちは、何の障害もなく維持されているように見えた「新百生会」は、やがて自然解消となっていった。発足から二年くらいたったころには、メンバーの一人大原の女の人が出席したり、しなかったり、遅刻したりしていた。町のメンバーの女の人も出席したり、しなかったり。そして、雪子といちばん仲のよいKさんが肺ガンになって声を上手く出せなくなった。Ｋさんは、勤めも辞めて、当初は雪子の家のカラオケ機でレッスンをして、会に参加していたがそれもなくなった。こんなさまざまな要因があった。

そして、代表には男の会長という人を置いて、雪子は表立ってわたしが代表ですと言っていたわけではないが、仕切っているのは雪子ということは皆知っていた。こうした雪子の独断専行の運営の仕方が原因だと言う人もいるが、私はそんな話を聞くと、雪子のことがかわいそうで、せつなくてたまらない。

女学生時代の小雨降るある日、雪子を残し、一人で彼が逝ってしまった。そんな思い出の残る街を一刻も早く去りたいと思うのは当然。青森人は口べたで「じょっぱり」といわれ、「頑固者」が多い。結婚話のときだって、雪子は、「真に探していたのは、この人だ」と思い込み、親の意見もいましめも耳に入らなかった。その考えに凝り固まってしまった。

人生は輪廻、親の持っているプラス面とマイナス面を引きずりながら、人々は生きている。雪子はその輪廻に翻弄されながらも、自分に正直に誠実に生きる道を探し続けてきたのだ。そして、見つけた小さな幸せ……。

それは、幸せさがしだったのかもしれない。

愛情って何だろう。
心がふれあうだけでも愛情は感じることができる。幸せな気持ちになれる。
幸せはどこにでもある。自分がそう思えば。

外房線に乗って、私はこの街を出ていく。
各駅停車に乗って……。

■参考文献

大江志乃夫『徴兵制』（一九八一年　岩波書店）
山口洋子『この人と暮らせたら』（一九九〇年　文化創作出版）
『市川市・浦安市』（一九九二年　新人物往来社）
海野和夫『カブトムシの百科』（一九九三年　データハウス）
小田晋『男と女 心の法則』（一九九五年　はまの出版）
鈴木和明『行徳郷土史辞典』（二〇〇三年　文芸社）
『千葉市の百年』（二〇〇三年　郷土出版社）
原田知篤『潮干狩り』（二〇〇四年　文葉社）
原田知篤『潮干狩り』改訂版（二〇〇五年　文葉社）
工藤美代子『素顔の井沢八郎とともに』（二〇〇九年　文芸社）
『千葉市の昭和―写真アルバム』（二〇一一年　いき出版）
『市原市の昭和―写真アルバム』（二〇一三年　いき出版）
小泉和子『女中がいた昭和』（二〇一二年　河出書房新社）
多湖弘明『鳶』（二〇一四年　洋泉社）

彦田 司郎

30 歳で東京・江戸川にて飲食業 (中華) を始め、60 歳で千葉・御宿に移住。さまざまな経験を積み現在に至る。
年齢を重ねながら、いろいろな人とのめぐり逢い、別れを繰り返すなかで、最後には、人の心にどれだけ寄り添っていけるかが、人生を楽しむコツと悟る。

幸せさがし

発行日　2018 年 11 月 9 日　第 1 版第 1 刷発行
著　者　彦田司郎
発行者　豊髙隆三
発行所　株式会社 アイノア
〒 104-0031　東京都中央区京橋 3-6-6　エクスアートビル 3F
TEL 03-3561-8751　FAX 03-3564-3578

印刷所　株式会社 デジタルパブリッシングサービス

ISBN978-4-88169-191-5 C0093